黙り込むセミ

渡辺夕也
WATANABE YUYA

幻冬舎MC

黙り込むセミ

しゃがんだ地面に垂れ落ちる、顔中から噴き出す汗の行方をカズオは目で追っていた。朝も早くから怒り心頭に泣き叫ぶセミの鳴き声が、どしゃぶりのように、うつむいているカズオの頭上に降り落ちてくる。逃げようもない空間に身を置かれ、カズオは乾ききった地面に吸い込まれていく自分の体液を、ぼぉっと見ていた。

今日は学校の夏休みの登校日だが、カズオの傍らで何か燃料になりそうな枯れ枝がないか探している父に、それを告げていない。

カズオの住む家の裏手の元段々畑であった山の斜面で、いつものように燃料探しに向かう準備をしていた父の後ろを、カズオは黙ってついてきた。

家にいても学校が気になるに決まっているので、こうして父についてきたのだが、どこにいても、じっとうつむいて汗が噴き出るのにまかせて、ぼんやりしているのは同じだった。

うずくまって地面から顔を上げないカズオを、気にしているかどうか、父の気配からは感じられない。植える野菜や果物もなくなったので、手入れもせず荒れてしまった元段々畑に生えた、カズオの小指を潰したような厚さの、枯れる寸前の雑草を、鎌で刈っている。

一週間前、登校日は峠を越えた隣町にある学校に登校するよう変更になった、と同級生の母親がカズオの家にやってきて教えてくれた。

その時父はどこにいたのか覚えてないが、カズオはそれを父に伝えなかったし、続けて誰かに連絡をするのはカズオなのか、その同級生の母親なのか、どっちだったのかよく聞いていなかった。

そのせいで登校できない同級生がいたなら、カズオが登校していないことも、そんなに目立たないかもしれない。

そもそも、登校するはずだったカズオが通う国民学校は、原型を留めないほど爆撃の流れ弾で破壊されたのだから、生徒が何人か登校してこないことなど、たいした問題にはならない気がする。

頭上が、光の玉が弾けたような白さに包まれた。

しゃがんで地面を見ていたカズオの目の前が白紙になり、何も見えなくなった。

一瞬にして視力を失ったのかと、慌てて体を起こす。

頭がクラクラっとする。

すると今度はカズオの足元の地面の中で、大爆発が起きたような大きな揺れが起こり、カズオはすっ転んでしまった。

地震か？

白い景色の中に父の姿を探した。

意外とカズオの近くにいた父の姿が、ぼんやりカズオの視界に浮かんできた。

父の姿が見えていることにほっとして、今の白光は何だと問いかけようとした時、父の様子がおかしいことに気が付いた。

背中をピンと伸ばし、首を石膏で固めたように一方向に向いて、何かを凝視している。

その視線の先を追った。

そして、「あれ」、はあった。

カズオの住む島から瀬戸内海を挟んで本土にある、広島の街から巨大な何か、が生えていた。

それはみるみるうちに、カズオのはるか上まで空へ登って生えていく。

まっすぐの柱になるよう押し固められた黒い雨雲が、天から降るのを間違って、地面から空へ吸い上げられるように空へ、空へ成長している。

すると今度は、頭の中が飛び散るほどの、天が限界を忘れたような巨大な音の塊を、地上に叩き付けた。大爆音がカズオの全身から地面に突き刺さった。

その圧倒的な爆音で息もできない。

音のせいで、音が聞こえない、耳がふさがれてしまった。

目は、広島の街から生えてきた巨大な、と表現するのも不自然な、黒い雲の柱、から離せない。

「あれ」、と爆音は関係あるのか？

別々のことが同時に起こったのか？

爆音は、ぐわんぐわんとカズオの脳みそをかき回す。頭の中から小さい耳の穴に向かって、「音」という圧力が、堰を切ったように放出されている。

父も、「あれ」、を見上げて動かない。

「あれは何？」

と父に聞きたいが、カズオも声が出ない。たぶん、父もわからない。

ふっと父の目元の緊張が緩み、肺から空気が漏れるような声でつぶやいた。

その声は、爆音のせいで耳では聞こえないが、目で聞こえた。


「はぁ……終わった……」


昭和十六年。

「昭和」という元号が存在し、その「元号」が何であるか、全く関心がなかったカズオが七歳の年、その「昭和」の「和」の漢字は、自分のカズオという名前の漢字と同じであることは、知っていた。

そして「昭」の字は、カズオの兄の名前の漢字と同じであることも知っていた。

その「昭」の字をもつ兄は、海軍兵学校の受験を昭和十六年の秋に控えていた。海軍兵学校は、カズオの住む集落の隣町にあり、七歳のカズオには少し難儀な峠を通らなければならないが、成長すれば子供の足でも歩いていける距離にあった。

海軍兵学校の生徒たちの姿を、カズオは時々見かけることがあった。

それは大抵、海軍兵学校が休みの日曜日。カズオの家の近くにある小さな港まで、瀬戸内海を挟んで向かいに見える呉の町へ行く小さな船に乗るために、バスから降り立つ姿だったり、生徒同士で賑やかに峠を歩いてきて、港に向かう姿だった。

カズオの住むこの島には、海もあり山もあり、豊かな自然も、つまらない自然も、どこを探してもそれしかないので、当時東洋一の軍港と呼ばれ、栄えていた呉の町の繁華街で、生徒たちは羽を伸ばすために船に乗り込むのだった。

特に夏の帰省時に着ている彼らの服装は特別で、純白の軍装、金モールの付いたピカピカの短剣を吊り下げた凛々しい姿、休みで少し気が緩むだろうに、キビキビした姿勢は崩さず、しかし、厳しい規律や訓練から解放された喜びを、表情や仲間たちとの会話に、ひそやかににじませていた。

カズオは、その小さな港の片隅で、欠けたコンクリートの隙間に入っていくアリの姿を目で追うふりをしながら、海軍兵学校の生徒たちの動向を、全身の感度を上げて、追っていた。

峠の向こうの海軍兵学校のことなど、以前のカズオなら遠い関心のない世界のことだった。

しかし兄がその海軍兵学校を受験すると知った時から、カズオにとって海軍兵学校の彼らは全く違う存在になった。

兄が受験に合格して、あの生徒たちのようになったら……。

「見てみぃ、あの人カズオの兄ちゃんじゃあ、すっげえかっこいい」

と、いつも声の大きさだけで勝負しているようなじゃがいも同級生たちも、カズオに一目置くに違いない。

何しろ海軍兵学校の生徒たちは、カズオの住む島よりもっと大きな集合の、「日本」というお国のために、海軍兵学校専用の港から練習艦隊に乗り込み、大連や上海、それがどこの国のことかカズオにはまだ想像できなかったが、瀬戸内海より何倍も広い世界中の海を巡って、身を挺して我々を守ってくれる勉強や訓練をするのだ。

「海軍兵学校は、日本で最も名誉のある職業である、海軍の指導者を養成する学校なのです。その海軍兵学校が私たちの暮らすこの島にあるということは、大変誇らしいことなのであります」

と、国民学校の先生も周囲の大人たちも、誇らしげに力強く言っている。

もちろんカズオの住む、海軍兵学校がある町から峠を挟んで隣にある小さな集落でも、兄がその海軍兵学校を受験することは皆知っている。そして日本全国から受験者が集まってくる最難関の学校であるので、不合格者は多いことも、何度も再受験をして合格することもあると知っている。よほど簡単なことではないと、集落の全体がわかっているので、

「一回で合格できたらたいしたもん」

と、近所の小父さんも言っていた。

兄は呉の町に住む叔父の家に下宿し、そこから海軍兵学校の登竜門である呉一中に通っている。ここに入学するだけでも大変で、それでも兄は猛勉強の末に入学できた

ので、おのずと集落の注目も浴びている。

　昭和十六年の夏休み、いよいよ秋に行われる海軍兵学校の受験を前に、兄は島へ帰ってきて、兵学校の生徒が休日に使う港の近くの、集落の住人がたまに足を浸すくらいの小さな浜辺へ毎日行っていた。

　試験には学力検査だけではなく、運動機能検査もあり、兄は規定の肺活量を通過するのに不安があるらしく、浜辺から奥深くの沖まで向かっていき、素潜りや遠泳をして心肺機能を鍛えている。

　兄もカズオも、体型は膝小僧が目立つくらいに細い。身長はそこそこあるが、兄などは呉一中の体育の時間で鍛錬しているから、それなりに筋肉もついたようだが、水泳の授業となるとふんどし姿にならなくてはならず、同級生と並んでみると、やはり見劣りするのだろう。

　朝から晩まで海で泳いだり、潜ったり、夏の容赦ない日差しにさらされて体は真っ赤だ。カズオの同級生たちのように、つやつやと黒光りする肌になる体質ではないようだ。

カズオはよく、そんな兄の後をついていった。久しぶりに会う兄に、構ってほしい気持ちから所在なさげに波打ち際で、波のようにゆらゆら存在を見え隠れさせていた。そんなカズオに兄は、たまに「おいでおいで」と沖から手招きする。

カズオは嬉しくて、バシャバシャ波の合間に向かって突進していく。

初めは抵抗なく波をかき分けられたが、兄の近くまで来ると足を取られる深さになり、たちまち溺れそうになる。そんなカズオを兄はスイカを持ち上げるように抱え上げ、えいやっと空中に放り投げる。

カズオを掴む兄の、細いがうっすら筋肉の乗った腕や胸に触れているだけで、兄が勉強に励んでいる呉での学校生活に触れている気がする。カズオの知らない兄の姿に触れている気がする。一緒に過ごしたいのに過ごせない日々が、縮まる気がする。

放り投げられて目をつむると、一瞬夏の太陽の強い日差しが瞼の裏に映る。宙に浮いて頭が逆さまになる。全身が解放される。

次の瞬間には、泡立つ暗い海中の、閉塞された世界に飛び落ちる。そこは耳が塞がれているのに轟音に包まれた世界だ。鼻からも海水が突入してきて粘膜を刺激し、脳みそまで侵入されるようだ。苦しい、だからカズオは慌てて必死にもがく。

それを見て兄は甲高い声で笑い、調子に乗ると何度も何度もカズオを宙に放り投げ、もがくカズオを見て笑う。カズオは少し抵抗して逃げるふりをする。すると兄はますます調子に乗ってカズオを捕まえて、同じことを繰り返して笑っている。自分が飽きるまで繰り返す。兄をこんなに笑わせているのは自分なのが、嬉しかった。

兄はお国のために戦うため必死に身体を鍛え、ちっぽけな子犬のような弟のことも、こうして相手にしてくれている。父は何がつまらないのか、いつも辛気臭くて、兄のように声を上げて笑うことなど全くない。若者と年寄りの違いだろうか。でも呉に住む、兄の面倒を見てくれている叔父は賑やかで、大声でよく笑う人だ。

ずっと兄とこの島で暮らしていけたらいいのに。いや、兄はこれから海軍兵学校に入学して、お国のために巡洋艦に乗って、この小さな浜辺のもっと向こうに続く、広くて大きい遠い海を目指していくのだ。瀬戸内海をゆうゆうと渡っていく、あの「香取」や「鹿島」に乗るのだ。兄には自分を相手にしている暇など、本当はないのだから、我慢しなくては。

しかし、兄にとってカズオは「子犬のような弟」ではなく、そこらの野生の小動物をからかっている程度で、遊んでやっている気持ちはなかったのかもしれない。

また別の日に、今度は家の裏手にある山の斜面の段々畑に、兄に連れてこられた。

「呉の町を見せちゃる」

父の姿のような、ほそぼそとした生気のない野菜が植えられているだけのただの段々畑に、カズオがこれまで興味を持って向かうことは全くなかった。

だから遊んでくれるなら、また海で遊んでくれるほうがよっぽど嬉しいのに、何でこんなつまらない場所に。

それでも兄と一緒にいられるなら、と、カズオは転げるように兄の後をついていく。

家の周囲でやかましいセミの声が、段々畑でも追っかけてくるように四方八方囲んでくる。

兄はもしかして、セミとりをして遊んでくれるかもしれない。

カズオは道端で、腹を上に向けて転がっているセミを拾い上げたことがある。

アリをぷつぷつ潰したことのあるカズオにとって、セミは意外とがっしりしていて、潰したらバリバリした感触が気持ち悪いだろうな、と思った。

するとカズオがつまんだ指の間で、セミが最後の一声を上げるように、

「ジジジジッ」

と、奇声を上げて羽を震わせた。カズオはびっくりしてセミを落としてしまった。乾いた土の上に落ちたセミは、腹を上向きにして手足をじりじり動かした。気味が悪くて足で潰してやろうかと思ったが、何かがはみ出してきそうで、カズオはセミを雑草茂る中へ、蹴っ飛ばして視界から消した。

それからセミのことなど気にしたことがなかったが、兄とのセミとりは楽しいかもしれない。

兄について段々畑を登っていくと、目の前に広がる瀬戸内海の向こうに呉の軍港が見えてきた。

何艘もの軍艦が停泊しているその港は、カズオの島のちっぽけな港とは、大人と赤ん坊ほど差がある。

そして右から左までカズオの視界の中にあふれる、瀬戸内のたっぷりとした海の水の上を、鉄の塊のような軍艦がゆうゆうと呉の港に入港していき、その横を遠慮がちに、木造の小さな燃料船が、ぼぉっと黒い煙を吐いて海鳥のように広島に向かって渡ってゆく。呉港には軍艦を建造する海軍工廠もあり、兄の下宿先である叔父はそこで働いている。

兄はカズオに呉の港を指さし、少し興奮した口調で、

「見てみぃ、呉の港じゃ。こっから見たらやっぱりでっかいのぉ。あの奥に呉鎮守府がある。日本で四つの港にしかないんで」

くれちんじゅふ、カズオはわからなかったが、兄が言うのだから、すごいものが呉にはあるのだろう。

「開庁式には明治天皇もおいでになったんじゃ。天皇陛下がこの呉に来たんで。ホンマにすごいことよのぉ」

と、なおも興奮したように、兄は呉の港を見つめて言う。

そうなのか、すごいことなのか、と思ったが、やはり呉の港を眺めるだけでは何も

面白くはなかった。セミとりもしなかった。兄はその呉の町へ帰っていった。

昭和十六年の夏休みは終わった。


その後、兄が海軍兵学校を受験し、不合格になった秋が過ぎ、アメリカと戦争が始まった冬を迎えて昭和十六年は終わった。

兄が言っていた天皇陛下のもとに（どうやら天皇陛下は昔呉に来た人とは違うらしい）、全国民は一致団結して、大東亜の平和、共存のために世界と戦うのだ、と国民学校の担任の教師も、校長先生も、兄が海軍兵学校を受験することを「たいしたもんよ」と褒めていた、近所の小父さんや小母さんも、同じことを言った。

何も言わなかったのは父だけだった。

その戦いに飛び込もうと、準備体操という「訓練」に励んでいた兄の飛び込む海は、雑草の根も這わない固い地面に変わってしまった。

肺活量の規定を通過するためにあんなに海に潜っていたのに、その運動機能検査を受けることもできず、その前の身体検査で落とされたのだ。胸部に疾患があったらしい。

兄は呉の叔父の下宿から飛び出し、そのままカズオの住む海軍兵学校のある島にも、帰ってこなくなった。

兄の海軍兵学校不合格の結果は、またたく間に集落の中にため息に似た波紋を落とし、学力試験や体力試験を受けることさえできなかったことも、もちろん周知のこととなった。

じゃがいも同級生たちは
「なんじゃぁ、お前の兄ちゃん、お国のために戦うんじゃなかったんかぁ」

と、カズオの周りを夜の寝床に飛び回る蚊のように、ブンブン飛び回る。その音が邪魔くさいのに叩き潰せない。

集落の人々は姿を見せない兄にかける言葉もなく、父に対してはもっとかける言葉がない。

父はもともと、兄が海軍兵学校を受験することをよく思っていないのを、集落の人々は知っていたからだ。もちろんカズオもそれは知っていた。

兄が受験のために、呉に住んでいる自分の弟の家に下宿させることも、父は強く反対の姿勢を見せていた。

「お国のために役に立とうと勉強する息子なんじゃけぇ、反対することなかろうが」

自分と違い多弁な弟の説得に、しまいに折れた父だったが、決して喜んで呉へ行かせたわけではないことは、父と二人きりで暮らしていて、兄の話題をすることがはばかられる雰囲気で、幼いカズオにもわかっていた。

小さい集落で話題のない人々にとっては、兄が海軍兵学校を受験することは、特別な「ハレの話題」だったが、父のその暗い雰囲気に、理解のできない肩すかしを感じて、一言二言言葉をかけて、そそくさと父から離れていった。代わりに見つけたカズオに、

「海軍兵学校を受験するのはすごいことなんでぇ」

「頑張って、って兄ちゃんに伝えて」

「あんたも兄ちゃんに続かんといけんねぇ」

と、「かごめかごめ」のように取り囲んで、口々に言った。

カズオはなんて答えたらよいかわからなかったが、普段見向きもされない、ちっぽけな子供である自分が褒められているようで、嬉しかったし、そんな兄が誇らしく思

えた。しかし、父はそうではなかった。

何度も何度も、海に潜って肺活量を上げるために頑張っている兄の姿を、父はどうしてああも苦々しい表情で見ているのだろう。呉一中の休みに、日に焼けた姿で島に帰ってくる息子に、学校の様子も聞かず、飯の準備だけいつもと同じようにそろえるだけだ。

兄も最初は、厳しい学校の様子や、呉の賑やかな繁華街、呉の港から上陸した海軍の水兵たちの軍団、真っ赤な口紅を引いたカフェーの女給、叔父たちと行った桜が満開の花見の賑わい、島にはない、すれ違う風景や人々のことを嬉しそうに話していたが、

「そりゃよかった」

と、返すだけの父に、しまいには何も話すことはなくなり、父のことは飯を出す土壁、土壁に話しかけても反応はない、と理解したようだ。

「あんたの兄ちゃんは受験に不合格やったんじゃないんよ、ちぃと体の具合がたらんかったけ、ダメじゃったんよ、がっかりすることはないよぉ」

と、本当は兄に言いたいのであろう集落の大人たちは、代わりにカズオに言う。

やはりどう返事していいのか、カズオにはわからない。しかし大人たちはカズオの返事など、何も期待してはいないのだ。

その兄は島にも戻らず、どこで暮らしているのかもわからない。呉の町でフラフラしているらしい、という噂は耳に入ってきた。

父とカズオは変わらず二人きりの生活になった。父のヒューヒューという呼吸音が、古くて無駄に広いカズオの家に響いている。兄が受験しようが、不合格になろうが、帰ってこなかろうが関係なく、父は同じ生活を続けていく。

父はこうなることがわかっていたのだろうか。

カズオがもの心つく頃には、すでに戦争は始まっていたらしい。

どうやら今度は、アメリカという違う国と戦争が始まったらしい。多くの巡洋艦が、カズオの見当もつかない、瀬戸内海よりももっと遠い海からやってきて、カズオの島の目の前を通って呉の港へ入港し、そして出航してゆく。

新聞やラジオでは、日本の快進撃を景気よく発表し、呉の町も、カズオの住む島も、大いに沸き立っている。

国民学校で授業中に、瀬戸内海を渡っていく巡洋艦を生徒たちが発見し、その大きさに感嘆し、男子も女子も窓から身を乗り出して手を振りながら姿を見送っていた。それに気づいてくれたのか、巡洋艦もぼおぉっと汽笛を上げてくれる。生徒たちは歓喜で子犬のようにはしゃぎ回った。授業中であった教師も、生徒を注意せずに巡洋艦を見つめている。

しかし半年もすると、生徒も教師も慣れてしまい、カズオは授業中にぼんやり、歓声のなくなった入出港していく軍艦を眺めていた。

兄が入学できていたかもしれない海軍兵学校の方向から、「どおん、どおん」という射撃訓練の音も、最初は怖かったがそのうち慣れてしまった。

戦争が始まった非日常な盛り上がりは、兄の不合格という不名誉な、カズオの家に向けられた憐憫と悪意のさざ波を、瀬戸内海の向こうの、戦艦が戦っている外国の海のほうへ追いやってくれた。

兄が島に帰らなくなって迎えた昭和十七年の春、カズオは新しい学年へ進級した。そして進級しても代わり映えのない教室に、転校生がやってきた。

海軍兵学校のある町には、兵学校の教師や関係者、他にも海軍の関係者も日本全国からやってきて住んでいる。その子弟たちも親と一緒にやってきて、海軍兵学校のそばにある国民学校に通っている。親の仕事の任期の関係か、入ってくる生徒もいるが出ていく生徒も、どちらも珍しくない。

カズオの住む、海軍兵学校から峠を挟んだ隣の集落の学校にも、そういった子供たちが転入してくることもある。

そんな転校生たちは、海軍の兵学校がある町を想像して、期待を膨らませて都市からやってくるのだろう。島に来て、あまりにただ瀬戸内海に囲まれただけの、あとは山だけの、遊ぶところも、広島の町か呉の町まで船に乗っていかなければならない僻地の島、という現実を思い知らされて、同級生たちはというと、山野を駆け回って海に飛び込み、檻を飛び出した野生動物のような生徒たちに囲まれて、呆然とした後、今度は憮然とし、自分たちはお前らとは違う、といった一線を引く態度をとる。

転校生は柏くんと名乗った。

担任の教師に連れられて教室に入ってきた柏くんは、野生動物の生徒や、憮然とした態度を崩さない生徒を、すっと黙らせる冷たい輝きを放っていた。

柏くんは、戦争が始まる前に父に連れられて初めて行った、呉の映画館の銀幕に映し出された少年のように、カズオには見えた。

しかし銀幕に映るそれとは違って、白い肌だが血が通っている赤みも感じる。眉毛は薄く、表情は凡庸に見えるが、教室に並ぶ生徒たちの顔ではない、別のものを眺めているような、焦点のずれた目をしていた。

柏くんは広島市内から転校してきた、と担任の教師が簡単な説明をした後、いつの間にか現れた教室の最後尾の席に座るよう、柏くんに声をかけた。柏くんは担任の教師も、生徒たちも目に映らないように席の間を歩き始める。その姿に、教室の一斉の衆目が集まる。そしてコトリとも音を立てずに席についた。

教師は柏くんに挨拶を促すのを忘れていたのか、それとも挨拶させなかったのか、カズオも、その他の生徒も、しばらく柏くんの声を聞くことはなかった。

柏くんは、野生動物の生徒や、憮然とした生徒や、そのどちらでもない生徒たちとも誰とも、自ら仲間に入っていこうという言動はかけらも見せず、朝、小奇麗にした開襟シャツを着た小さな爺さんに送られて学校に来て、夕方その爺さんが迎えに来て、学校から家に帰っていく。

どの生徒たちも、もちろんカズオも、生徒と年寄りが学校へやってきて、学校から出ていくその光景を、見たこともないもののように呆然と見送ってしまう。

そのうち野生動物である生徒の一人が、近所から得たらしい柏くんに関する情報を、教室の中でとうとう披露した。

曰く、柏くんは最近開けてきた新しい集落の、新しく建てられた家に、いつも柏くんを送り迎えする小さな爺さんと二人で暮らしているという。

「あの爺さん、怖いんでぇ。昨日、あの爺さんと帰ってるあいつに、こっち振り向かせようと後ろから石を投げたんよ。ちっさな石でぇ、当たっても何のことはないくらいの。そしたらあいつのふくらはぎに当たって、あいつこっちを振り返りもせずに爺さんに何か言ったんじゃ。すると爺さんのほうがこっちを振り返って、目があってしもうたんよ。すんごい睨んできて、その顔が怖いんじゃあ、年寄りが怒った顔ってすんごい怖い」「お前のとこにも爺さん、おるじゃないか」「違うんじゃ。怒鳴りちらしてくれるほうがまだええ。あのしわしわの顔で黙って睨まれてみい。腰が抜けたみたいになったわ。お前もそうなるって」

と、興に乗って熱く話す野生動物である生徒は、その後担任の教師に呼び出され、こっぴどく叱られたらしく、泣きそうな小動物のように、肩を落として下校した。

カズオは、自分もそうなのだが、他の生徒たちも柏くんのそばにも寄れないでいる様子を見て、少し溜飲が下がるのを感じた。

柏くんはカズオにまつわる面倒くさい事情を、知らないし、興味も持たないだろう。

日本には「皇国」という呼び方もあるらしい。

その「皇国」のために国民全員が一丸となって戦う戦争が始まって、兄が入学できていたかもしれない昭和十七年の海軍兵学校の入学者数は、例年の数倍の人数になった。

相変わらず港で一人で暇つぶしをしているカズオの目にも、生徒の増加は見て取れた。

海軍兵学校付近に借り上げられた、一般民家を休憩所にした場所で過ごす生徒の数も増え、同級生の女子もそうした民家のうちの一軒の親戚の子供で、週末はその家に手伝いに行くらしい。

「もう大変なんよ、生徒さんが増えてぎゅうぎゅうなのに、あっちもこっちも料理出しをしたり、片付けたり、くたくたになるんじゃけぇ」

「何を言ってるん、生徒さんに買い物とか用事を代わってしてあげて、お駄賃もらうんじゃ、って言ってたじゃん」

その女子生徒は、待ってましたと言わんばかりに、昼寝をしにくる生徒を、時間がきたら起こしてあげる役目があるのだと言う。

「なんべん『起きてください』って揺さぶっても起きんけ、腹が立って蹴っ飛ばしてやろうかと思うけど、何とか目を覚ましてくれて、休憩所から出ていく時、『お嬢ちゃんありがとう、また宜しくね』って頭撫でられるんよう。優しいんじゃぁ」

じゃがいものような野生動物の同級生の男子とは違い、洗練されて礼儀正しい青年たちの役に立てることが誇らしく、そんな彼らに触れ合うことのできる自分を自慢したい気持ちが、その女子にはあふれ、嬉しさを隠そうともしない。

カズオはその休憩所の場面の中に、兄を割り込ませて、授業中に想像する。休憩所の鴨居のフックにピカピカの短剣と帽子を引っかけ、その下で同じ垢抜けた海軍兵学校の生徒たちと談笑をする兄。

ビリヤードに興じる兄。

兄は同級生にすぐつっかかっていく性質らしいから、時には激高して唾を吐き散らかしながら級友たちと論ずることもあるだろう。

喧嘩になって取っ組み合いになることもあるだろう。

休憩所や公共の場でもめ事を起こすのは、海軍兵学校にとって大変外聞の悪いことらしく、兄はこっぴどく叱られるであろう。懲罰も受けるだろう。もちろんその喧嘩相手も同罪だ、喧嘩両成敗なのだから。

そうして拳を交えた男同士はなぜか親友になるらしい。戦争になる前、秋の祭りにやってきた旅の一座の演目で、そんな股旅任侠の話があった気がする。

喧嘩をすれば、殴り合ったもの同士は心と心が繋がるのだ。何も言うな、その目でわかる、お前もつらいが俺もつらいのさぁ。

「そうよカズオ、兄もつらいのさぁ」

白い軍服姿でカズオに振り返り、兄がにやっと笑って言う。

そこで授業中の現実に引き戻される。

暑い季節に向かっていくのに、背中に冷たいものを感じた。

夏休みが近づいた頃、兄は全く家に戻ってきていないわけではないと、知った。

カズオが国民学校に行っている間、フラッとたまに家に帰ってきていたらしい。近所の人が教えてくれた。

「お兄ちゃん見かけたよ、帰ってきてよかったねぇ」

とカズオに声をかけ、カズオもびっくりして父に問うたが、父は
「帰ってきている、すぐ呉に出るが」

と、言う。家には帰ってこないのか、呉に住むようになったのか尋ねてみても、

「わからん」

と、それ以上問い詰めることを拒否する態度を静かに表した。

そして夏休みに入って、カズオは兄と再会した。

兄が島に帰ってきているのは、父に呉で遊ぶための小遣いを無心するためだった。父は黙って、かさかさの茶だんすの引き出しから、兄にいくばくかのお金を渡す。兄は悪びれもせずそれを受け取り、カズオの視線に気が付くと、

「おお、カズオ。なんじゃ、細っこいのぉ。ちっとお前も鍛えんとのぉ」

と、去年の夏休み、カズオと海へ行った時のように、ケラケラ笑った。


ある日、家の裏山の段々畑に登ってみた。去年の夏、兄と登った呉の港が見える段々畑だ。セミのやかましい鳴き声を浴びながら、腰をおろせるところはないかと歩きまわり、やっと青々繁った雑草が目立つ段々畑の端に座り、両足をぶらぶらさせた。

いつも時間を潰す、呉と結ばれた小さな港が足元に見える。

海軍兵学校も夏休暇に入ったので、生徒たちは島から出ていってしまい姿を見ることはほとんどない。

兄は、日曜は海軍兵学校の生徒と港で出くわすから、カズオが学校に行っている平

日に家に帰ってきていたのだろうか。呉一中で同級生だった生徒たちと、出会うかもしれないからだろうか。そして今は海軍兵学校も夏休暇なので、出会うことがないから、兄は曜日に関係なく帰ってくるようになったのだろうか。

今度は呉の港に目を向ける。湾に浮かんでいる巡洋艦や駆逐艦の姿が見える。足元に見える呉に渡るあのちっぽけな船に、賑やかに大勢の兵学校の生徒が乗り込んでいくが、その何十倍もの人間が、あの鉄の塊の艦たちに乗船しているなんて不思議だ。

そしてその乗務員たちが呉の町の繁華街に繰り出したら、それは島の祭りなど比べ物にならないくらいの賑わいになるだろう。

もう少しでお盆がやってくる。その呉の町から、今年も叔父が墓参りにやってくるだろう。

カズオが三つの頃、今の島の家に父と兄と三人で引っ越してくるのと入れ違いに、叔父はその妻と娘二人を連れて呉に出ていった。

一昨年は娘たち、カズオの従姉たちと墓参りにやってきた。この二人はカズオと兄の間くらいの年齢で、姉妹二人はあの兄と遊んだ海でキャアキャア騒ぎながら泳いでいた。

小さな坊主が割り込んでいけるような雰囲気はなく、カズオは二人から離れて何か課題をこなしているように黙々と泳いでいた。

叔父の家に行ったことはないが、父に連れられて映画を見に行った、呉の町を思い出す。

繁華街はとても賑わっていた。艦船の入港がなかったからか、水兵さんたちの姿は見かけなかった。それでもカズオにとって呉の町は、歩いているすぐそばをすり抜けていく電車、警笛の音、空を覆う電線、立ち並ぶ色んな商店、島と違って賑やかで、色んな種類の建物、人々があふれかえっていた。

兄が叔父の家で下宿していたのは、あの賑やかで、騒々しい町なのだ。

こんなセミの鳴き声しか聞こえない何もない島に、自分が入学できなかった海軍兵学校のあるこの島に、兄がいたくないと思うのも無理はないだろう。

そんなことを考えながら、ぼんやり呉の港に浮かぶ巡洋艦たちを眺めていた。

そのうちさすがに真夏の直射日光に耐えられなくなって、日陰を求め段々畑から離れて、獣道のような坂道を下り、国民学校までやってきた。

その校庭の横手にある、春には桜の咲き並ぶ広場へ向かった。桜は今は咲いていないけど、木陰になる木々はたくさんある。しかしここもセミがやかましい。

暑いのを耐えるか、セミの鳴き声を耐えるか、何時まで時間を潰せるか、カズオがそんなことを考えていると、夏の陽炎のようにゆらゆらと、校庭のほうから生徒が一人、やってくるのが見えた。

柏くんだった。

柏くんは黄ばみの全くない、おろし立てのような上等の真っ白なシャツを着て、濃紺の半ズボンを履き、暑いのに靴下も、通学する時のきれいな靴もちゃんと履いていた。

カズオは自分の姿と瞬時に比べる。

何度も父が洗ってくすんだランニングと、半裸ではないことを告げる程度のズボン、その下には真っ黒にむきだした傷だらけのごぼうのような足だ。せめて学校にいる時のような恰好ならよかったのに。自分は今どんな顔をしているだろうか。顔が緊張で引き締まる。こんな姿を見られるのは、惨めだ。

そんな様子のカズオを柏くんも見つけ、同じ教室の生徒と気づいたのだろう、ふっと目で挨拶しているようだった。

その柏くんの表情に、不意に先ほどの羞恥心が陰に隠れ、話しかけてみようと思った。でも何を話しかけたらいいのか。

「広島には帰らんの?」

思ったよりは自然に声が出たように自分では思う。しかしカズオはすぐに恥ずかしくなった。あの爺さんは家族ではないだろう、柏くんの本当の家族は広島に住んでいるのではないかと、勝手にあれこれ柏くんに対して想像していたのを、自分から浅はかに露呈してしまったからだ。

「帰るよ」

真夏の炎天下で、柏くんは汗もかいてないように涼しげに答える。

その声は想像していたより大人びたもので、兄の話し方よりよっぽど落ち着いていた。カズオと同じ学年の子供の声とは思えなかった。

「そう」

話しかけて返事をもらえたものの、それから先の言葉がない。

改めて自分と柏くんのあまりに差異のある恰好を思い出して、その姿を柏くんに晒す恥かしさを思い出して、カズオはすぐに立ち去ろうと思った。すると、

「頼みたいことがあるんだけど」

と、柏くんの落ち着いた声が、カズオをその場に留めさせた。

「えっ？」

思わず出した自分の素っ頓狂な大きな声に、ますますカズオは恥ずかしくなる。しかし柏くんはそんなカズオをまるで目に映っていないように、こっちへ来て、というように手で控えめに招いている。

手招きしている、ということはついてこい、ということか。

柏くんは、今自分が来た道を振り返り、無言で歩き始めた。

カズオは取り残され、柏くんについて行ってもいいのかどうか躊躇したが、柏くんの背中を見ていると迷う心が好奇心に負けて、柏くんの後を追いかけた。

国民学校の校庭を通り過ぎ、小さな港へ向かうカズオの住む集落を抜けて、少し新しい集落に向かった。海軍兵学校の関係者たちのような、他所から来た人たちが住むために用意された建物の集落だと、どこかの小母さんが言っていたような気がする。カズオが今まで足を踏み入れたことのない地区だ。

柏くんの後ろをくっついて歩きながら、柏くんの家に向かっているのがわかった。やがて、どこが道との境なのかわからないカズオの家の門とは全く違う、夏の日差しを跳ね返すほど青々と手入れされた生垣のある、御屋敷の門構えの前に立った。門構えから内に入ると、そこは土の地面ではなく、細かな、何という名前なのかわからない石が敷き詰めてあり、通り道であることを指し示している平べったい大きな石が、飛ぶように置かれている。

土壁ではない建物は、カズオがそれまで見てきた周辺の家とは全く違う。真っ白な障子で覆われた、それでも風通しのよさそうな家だった。上がり框もカズオの知っている土間とは違う。カズオの家のそれは入口で、ここは玄関と呼ばれるものだ。カズオの家の納戸ほどもある玄関を、柏くんは無言で上がっていく。

今、突然柏くんが振り返って、

「なんでここにいるの？」

と、あの焦点の合わない目で言われたらどうしよう。さすがにカズオは玄関で立ちつくした。

「入って」

柏くんは少し首を傾げて、カズオに向けて言った。その口調は女性の先生のように優しい口調だった。

安心してカズオは、

「お邪魔します」

と、もう背中を向けている柏くんに、小さく声をかけて玄関を上がり、ひんやりした木目も新しい廊下を歩く。

裸足でぺたぺた歩きながら、玄関にあんなボロボロの靴を置いたままにしたのを思い出して恥ずかしかった。怖い顔をして野生動物の同級生を睨んだあの爺さんに、ボロボロの靴は見つけられてしまうだろうか。捨てられてしまうのではないか。

柏くんに続いて廊下を歩いていると、いくつか部屋があるらしく、しかしどの部屋からも人の気配がしなかった。

カズオの家も、会話も生活音もない、あるのは父の咳をする音くらいの、静かな家だが、この建物は全ての物音を、囲んだ障子で吸収して消してしまっているような、静かな、というより、本当に「音がしない」家だ。外で鳴いているであろう、耳障りなセミの鳴き声も、この建物の中では存在を忘れさせた。

柏くんに入るように促された部屋は、柏くんの部屋なのだろう。椅子に座る様式の勉強机があり、机の上にはきれいに削られた鉛筆が、開いた筆箱にきちんと入っていて、国民学校で配布されてない帳面が数冊置いてあった。

柏くんは椅子に座らず、きれいな畳の上にカズオに向かってすっと座り、カズオも柏くんに向かって正座した。

カズオは、目の前の静かに座る柏くんに対峙するのが恥ずかしく、部屋の中にあるものに注意を向けているふりをした。そんなことをしていること自体が、よっぽど子供っぽいのに、どんな態度をとってよいかわからない。

部屋にはカズオの家の食器棚くらいの本棚が置いてあった。そこには学校の図書館では見たことのない、百科事典のような厚みの、児童向けの物語が隙間なく並べられていた。家の中にこんなに本があるなんて。まるで本屋さんみたいだ。柏くんはそんなカズオの様子を見て、

「本、読んでみる？」

「えっ？　いいの？」

と、またすぐに喜んでしまう子供っぽさを柏くんに見せてしまい、しかも柏くんにつられて、

「いいの？」

なんて上品な言葉を言ってしまった自分に、ますますカズオは恥ずかしくなる。

柏くんは、そんなカズオをどう感じているのか、表情からは全くわからない。

やはり本を見てみたい気持ちに勝てず、指で触れるとしっとりとした手触りの背表紙を引き出した。

その本は箱に入っていた。箱から本を引き出すと、上等な紙質の、たっぷりインク

の使われた、普段カズオが読んでいる漫画本の様式とは全く違うものだった。表紙には『ロビンソン』と書いてあり、その下に書いてある『漂流記』は読めなかった。南の島らしき小さな島に、ボサボサ頭の男が一人膝を抱えて座っている絵は、漫画のそれと似ていた。それはその男の表情が、ポカンとした間の抜けた顔だったからだ。

そんなことを思っているカズオの様子を見て、柏くんは言った。

「ぼくは物語よりこっちが好きだな」

柏くんが「ぼく」って言ったことに驚いて、カズオは重たい本から顔を上げて柏くんを見た。

でも考えてみれば柏くんが「ぼく」というのは不思議でも何でもない。こんな本を普段から読んでいるのだから、島育ちの自分たちとは違うのだ。

軍隊の人や海軍兵学校の関係者の子供は、普段うっかり「ぼく」なんて使わない。じゃがいも野生動物の同級生に徹底的にはやされるから、隙は見せられない。しかし、島の言葉の「わし」なんて言葉も死んでも吐くもんか、という敵意も放って防御している。

柏くんが「ぼく」と言っても、皆は納得せざるを得ないような、子供っぽくない「穏やかさ」と、子供っぽくない「冷たさ」が感じられる。それをやいのやいのとからかえる生徒なんて、島に住む子供の中にはいないだろう。

もしかしたら、大人でもいないかもしれない。

今、この家のどこかにひそんでいるかもしれない、あの小さい爺さんを思い出してカズオは思った。

柏くんは作りのしっかりした、父親がありあわせの木材で作ったものではない、勉強する以外で使うことなどないであろう机の引き出しから、四つに折りたたんだ厚手の紙を持ち出し、カズオの前で広げてみせた。

「これ、日本の地図だよ」

カズオが国民学校で使う机の板面と、同じくらいの大きさの地図だった。

その地図は『最新大日本地図』と右上に印刷され、鮮やかな配色で彩られたものだった。

「この国とこの国は、現在日本の領土となっています」

と、国民学校の先生が黒板に張り出した大きな地図は、日本とその周辺の国が世界地図のように、大きな海を隔てて載っていた。日本の国自体は広い海の面積に比べて、なんて小さいのだろうと、その時カズオは思った。あんな海の向こうの遠い国まで、艦隊に乗り込んだ海軍の水兵さんは大きな海を渡って戦うのか。そして兄も、もしかしたらあの地図に載っている国へ行っていたかもしれない。

柏くんが広げた目の前の地図は、それらの国が小さく区切られて一枚の地図に組込まれ、海の部分をなくして日本の国全体を大きく表している。

カズオは日本の本土が主体となった地図を、初めて間近で見た。

「この緑色のところは？」

「山だよ」

ほとんど日本は山ではないか。カズオは驚いた。カズオにとっては日本とは、海に囲まれた国、であって、こんな山に埋め尽くされた国だとは思っていなかった。

「じゃあ茶色のところは？」

「平野だよ」

平野？　平野って何かわからなかったが、要は山ではない部分なのだろう。

「ここが広島」

柏くんが細い指で示した部分が広島付近であることは、カズオもどこかで以前見たことがある。柏くんの指先だけで覆われてしまうほどの大きさしかない。

それよりも、瀬戸内海がこんなに狭苦しくて、こんなに多くの小さい島々が、ぎゅうぎゅうにひしめき合っているとは思わなかった。

こんな狭い海を、小さい島々の間をくぐり抜けて、あの大きな艦隊はたくさんの水兵さんを乗せて出発し、同じようにあの呉の港まで帰ってくるのか。

そんなカズオの様子を見て、

「広島だけの地図も見てみる?」

と、柏くんは言った。おもわずカズオは地図から顔を上げて柏くんを見る。柏くんの視線は地図におろされたままだった。

「うん」

「今度広島から持ってくるよ」

それは今度、自分に見せてくれる、ということだろうか。もしかしたらまたこの家に呼んでくれる、ということなのか？

カズオは柏くんになんと答えてよいか、とっさに反応できない。いいのだろうか。この上質な木と紙でできた建物に放り込まれた、小汚い野球のボールのような子供がまた来ても。

カズオが反応できずにいる前で、柏くんはすっと立ち上がって半ズボンのポケットに手を入れる。真っ白なハンカチを取り出した。座っているカズオを少しの間見下ろしていた。

カズオはそんな柏くんを見上げていたが、自分も立ち上がったほうがいい気がして立ち上がる。

柏くんはカズオの前で、ゆっくりハンカチを広げる。

そのハンカチの中に、思いがけないものがいた。

カブトムシだ。じっと動かない。

カブトムシをハンカチにくるんでポケットに入れていたのか？

「死んでるん？」

「さっきはまだ動いていたんだよ」

柏くんはさっきカズオと出会ったあの公園で、やはり暑さを逃れるために木陰に入った時、根元にゴソゴソ動いていたカブトムシを拾って、ハンカチ包んで持ってきたという。

「広島に持っていこうと思ったんだ」

カブトムシを生きたままポケットに入れていいのだ。潰れて汁がでたらどうするんだ、とカズオは思ったが、それよりも柏くんがあの暑い中、公園に一人でいた理由は何なのだろうと、そっちを思わず聞いてみたくなった。もしかして柏くんも自分と同じ理由で？　家にいたくない理由があった？

するとカブトムシは、解放されたことに気が付いたように、足をゴソゴソ動かせてハンカチの上を這いだし始めた。

「動いたね。でもポケットに入れて持っていけない」

柏くんはまたそっとカブトムシをハンカチで優しくくるんで、カズオに差し出す。

「これ、休みの間、面倒を見てほしいんだ」

潰したり、蹴っ飛ばしたりしかしたことのないカズオに、虫の面倒を見ろ、というのか。そんなことしたことない、と強く拒否したかった。

しかし、またこの家に呼んでもらうには、ここで断るのはまずい、とカズオでもわかるし、柏くんもわかったうえで言っているのだろう。この静かな建物の中に、自分が身を置くのは、こうした条件と引き替えなのだ。

それが無性に悔しく感じて、

「ええけど、生きたまま返せるかはわからん」

と、じゃがいも同級生たちに対して使ったことのない強い口調で、柏くんに言い返した。それに自分でも内心びっくりしている。

「いいよ、死んでも」

死んでもいいなら、自分でポケットに入れて広島に持っていけばええ。

カズオはそう言い返してやりたかった。

しかし、そうせずハンカチごとカブトムシを預かって、家に持って帰った。

お盆になって、呉から叔父がカズオの家に、墓参りにやってきた。

父は叔父がいつ家に来てもいいように、裏山の先祖代々の墓を夕方になると草むしりなどして掃除して待っていた。

「おおい、カズオォ」

一年ぶりに叔父に会った時、カズオは兄と去年遊んだ海で、海水をしこたま飲み、何とか浜辺にたどり着き、焼けた砂浜の熱さの上で酸素を求めて咳き込んでいた時だった。叔父が大きな声で呼びかけてきた。

「おぅ？　どうしたん？　足つったんかあ？」

叔父は蚊取り線香の煙のような話し方の父とは違い、呉の駅で聞いた、蒸気機関車の汽笛のような声量の持ち主だ。カズオの様子に驚いて、砂浜にのしのし重量のある体を沈ませながら駆け寄ってきた。

「大丈夫、波に足を取られて……」

びっくりしてひっくり返っただけ、とカズオは答えた。

叔父が駆け寄ってきてくれるほど心配してくれたのが、恥ずかしかったが嬉しかった。

しかし次の瞬間、今、兄が久しぶりに家に帰ってきていることを思い出した。叔父は兄が海軍兵学校を不合格になって、叔父の家を出ていってから一度も会っていないのではないだろうか。

ここで、二人が出会ったらどんなことが起こるのか。

「お前は泳ぎはうまかった思うたがのぉ、一昨年ミサ子と智子を連れて帰ってきた時、あいつらはここでちゃぷちゃぷ遊ぶだけで、ありゃあ泳ぐなんてもんじゃないわ、幼稚園児の水遊びよ。お前はガツガツ泳ぎ回っていたのぉ、さすがよのぉって、男の子よのぉって。ワシも感心したわ」

砂まみれのカズオのごぼうのような足を、叔父は大きな手のひらで振り払ってくれる。ぷんとタバコのにおいがした。

「今年もワシだけで来たんじゃが」

と、カズオの期待に応えられなかったことを詫びるように言う。別に従姉二人と会えなくたって何とも思わないが。

「呉もここと同じように目の前が海じゃがのぉ、気軽にドボンできるような海じゃないよのぉ、遊ぶための海じゃないから、軍港じゃけの。艦隊さまが優先じゃけ」

海から家に戻る道すがら、叔父は話し続ける。

もうすっかり夕方になってしまった。セミの鳴き声が別の種類に変わっていた。

「ミサ子らも、もう海で遊びたい、ゆう年頃でもないみたいでの」

大人と二人で並んで歩く。カズオはこんな夏の夕暮れに、先ほど感じた不安が自分の考えすぎなのじゃないかと、少し緊張がほどける。父、叔父、兄、カズオ、四人そろえばきっと楽しい会話ができる。そうなってほしい。

「あいつらの関心ごと、ゆうたら、艦船から下りてきた水兵さんがかっこええとか、どこそこで声かけられたとか、そんなんばっかりよ。映画に今度は連れてってもらうとかのぉ、そんな商売女みたいなマネすんな、ゆぅてカミナリ落としても、私たちは清いおつきあいですぅゆぅて二人で顔を見合わせてクスクス笑いよる。襖の向こうで、長い髪をあぁ結わえようか、こう結わえようかとか、そんなくだらんことばっかり話しとる。そんな役にも立たん長い髪なんかばっさり切って、お国のために海の向こうで戦ってくれる兵隊さんたちを後ろからしっかり応援する軍国少女になってくれんと、近所らのもんに何言われるか」

カズオは自分より、少しだけ年上と思っていた従姉たちが、はるかに年上に成長している気がした。一昨年はさっきの海で、日焼けも気にしてないように二人できゃあきゃあはしゃぎ回っていたのに。だからといって寂しさを感じることもない。四人で仲良く会話するのに、従姉たちはいないほうがいい。

「こんばんわぁ」

叔父はかつて自分の一家が住んでいた家に、遠慮もなくのしのし上がり込み、薄暗い静かな廊下を抜け、薄暗いカサカサした畳の部屋に入る。

「なぁんか、すさんどるのぉ」

脳みそと口が直結している叔父は、かつて自分がそうしていたように電球をつけながら言う。

「なんか、病人が潜んでいるような部屋じゃ。男所帯の味気ない家じゃのぉ」

と、部屋を見渡して言う。カズオに言ったところで答えようがないということはわかっていても、言わずにいられないのだろう。

かつて勝手口と呼ばれた引き戸を、ゴリゴリ開けて父が入ってきた。

「来たんか」

父は鎌を持っていた。墓までの道の両側に繁った雑草を刈っていたのだろう。背の高い芯の太い雑草の束を、上がり框の床にそっと置く。

叔父にはすさんでいるように見えるのかもしれないが、父は家の中も庭も、その周辺だってきれいにゴミひとつないように片付けている。洗濯物だってきちんとすぐに片付けるし、カズオが漫画本をそのへんに転がしていても、拾ってちゃぶ台の上に置きなおす。物があまりないだけで、ここは父の住みやすい、父の王国なのだ。

「朝涼しいうちに墓参って帰るわ、呉も今、バタバタしとるけん」

たった今、家に到着したのにもう帰る話をする。叔父もさっさと退散したいのだろう。父が晩御飯と晩酌の支度をしている間、カズオはちゃぶ台を挟んで叔父の向かい側に座った。そして叔父は所在なさげに、がらんとした、自分が住んでいた頃とは部屋の明るさがまるで変わってしまった部屋を見渡す。

部屋の隅に、畳の上に置かれた、新聞紙が乗っている洗面器に気が付いて言う。

「あれは何なん?」

カズオは立ち上り、金属の洗面器を叔父の前に置いて新聞紙をのけた。

「おぉ、カブトムシかぁ」

学校の同級生に夏休みに出かけている間、世話を頼まれたのだと答えた。

「こんなに蒸し暑いのに、金属の洗面器はいけんよぉ」

と、叔父は勝手の知った納戸のほうへ行き、なにやらガサガサ探し物をしていたが見つからないようで、

「あれよぉ、水槽なかったかのぉ」

炊事場の父に声をかける。カズオがカブトムシを預かって帰った時に、すでに父は何か飼える器はないか探してくれていて、何もなかったので洗面器に入れていたのだ。

「ないんかぁ、なんにしても金属はいかん、待っちょれ」

そう言って庭に降りていき、父がきれいに洗って一か所にまとめて置いた、素焼きの植木鉢の中から適当な大きさを選び、今度は、夏野菜を植えている畑の土を少しその中へ敷き、先ほど父が刈ってきた雑草の柔らかめなものを選んで土の上に置く。庭

のキュウリをポキポキ折ってさらにそっと乗せる。

そして動きの悪いカブトムシをキュウリの上に置き、同じく納戸で見つけた古い蚊帳を植木鉢の大きさに切り、全体にかぶせて部屋に持って入り、カズオの前に置いて言った。

「これでちっとはマシよぉ、朝に墓に行く時、クヌギの木がないか探してみるわぁ、たちまち畑の土を入れたが、明日なんか他のもん、探してみるわ」

父は部屋や道具をきれいに片付けるほうだが、こういう、何かの世話をする、ということはさっぱりなのだ、とカズオは気づいた。

カズオ自身、柏くんに押し付けられた、と感じるほど虫を世話することに抵抗があったので、父も虫や生き物を飼う、ということなどしたことがなかったのかもしれない。

先程叔父が探していた水槽も、叔父が昔使っていたものかもしれない。

金属の洗面器に、ぽつんと一匹放り込まれて、新聞紙をかぶせていただけよりは、今、カブトムシは元気が出たように見える。

「うちは娘二人じゃろ、こうやってカブトムシを飼うなんてことはなかったけぇのぉ、ムシなんて拾って持って帰ったら、ギャアギャア大騒ぎよ。久しぶりにカブトムシなんて見たわい。ワシが小さい頃、水槽で飼っていたんじゃがのぉ、もう水槽なかったんじゃのぉ」

やはり叔父はカブトムシを飼っていたのだ。今、その水槽がなくなっていて、少し寂しそうだ。

しかし、もうこの家から出ていったのだから、どう処分されても文句は言えないのかもしれない。大きな声で豪胆そうに見えるが、結構神経が細かいのかもしれない。

父と兄弟とは思えぬ、この叔父の家の子供だったら自分はどうなっていただろう。カズオはふと、このまま明日の朝、墓参りが済んで叔父が呉に帰る時、自分も一緒に連れていってくれないだろうか、カブトムシと一緒に。と、思った。

叔父は男の子が家にいないのを残念に思うようだし、だから兄のことも我が息子のようによく面倒を見てくれたのではないか。

兄は呉で受験のための勉強生活は大変だったらしいが、叔父の家での生活の不満を、口にしたことはない。きっと可愛がられていたのだろう。

自分も呉で暮らしてみたい。叔父や従姉たちと、花見をしたり呉の町を歩いてみたい。以前呉に映画を見に行った時、人も電車も、道を遠慮なく行き交っている騒々しい町で、そこに面白いものがあるようには思えなかったが、それは父と行ったからかもしれない。

あの時本屋を見つけていた。騒々しい街並みの中で、そこはきっと静かでカズオの読みたい本がたくさんあっただろう。本当は「本屋に寄りたい」と父に言いたかった。

叔父にならば言ってもいい気がする。

「今日はぁ行かん、また今度のぉ」

と言われてもいい。せめて夏休みの間だけでも、連れていってくれないだろうか。

まだ夏休みは半分も残っている。毎日太陽を背負ってさまよい歩き、体中から水分が抜けていくように、気力まで失っていく毎日を、学校が再開するまで繰り返すのはつらい。

部屋の隅に置かれた、叔父が用意したカブトムシを入れた植木鉢を見た。

そして少し前の、金属の洗面器を思い出す。

自分は、金属の洗面器に入れられていたカブトムシだ。誰も関心を持ってくれない。晩御飯の支度ができ、部屋の広さには不釣り合いな小さなちゃぶ台を、三人で囲んだ。父は自分一人では飲むことのない一升瓶の酒を、叔父のコップに注ぐ。

二人はちびちび、炒った大豆や煮干しを肴に酒を飲む。カズオはその横で、青菜の浸したものや炊いたサツマイモをおかずに食事する。

叔父は酒がすすむにつれて口も滑らかになる。

「こうやって盆にしか顔を出さんで申し訳ないんじゃけど、あんたには感謝しとるんでぇ」

「あんた、去年もそれ言ったわ」

と、先を続けるよう合図の代わりに、叔父のコップに酒を継ぎ足す。

叔父は次第に顔が赤らんでいき、海軍工廠で鍛えた厚い背中がだんだん反り返って、話すたびにゆらゆら揺れる。

「感謝しとるんで、ここから出られて呉に住めるようになった。海軍工廠にも入れたけんの」

カズオはとっくに食事を終えて、二人のやりとりを聞いていた。

「うちの嫁も娘らも、ほんまに呉に出れて喜んでるんで。人の目、ゆうもんはどこに暮らしてもあるもんじゃが、それでもここにいた頃よりなんぼかマシよ。嫁はガチャガチャやかましく言うのは変わらんけど、まぁ楽しそうじゃしの。やっぱり年寄りの多い中じゃ、窮屈じゃったんよの」

カズオは父の目の合図で部屋を出て、家の外にある風呂の窯場へ向かった。父が五右衛門風呂に昼のうちにたっぷり水を張っている、あとはカズオがマッチで薪に火を起こすだけだ。

去年一人で叔父がやってきた時、今夜のように叔父の話を中座して父は風呂を沸かしに行き、叔父をこの夏なのに寒々しい部屋に取り残したことを、父は叔父にすまなく思ったらしい。やはり今夜のように、カズオは叔父のそばにいたのだけれど。

だから今夜のために、カズオはマッチの擦り方や、それを使って薪に火を起こす方法を父から教わっていた。普段は父が風呂を沸かすのだが、叔父が来た夜はカズオが沸かすよう、あらかじめ言いつけられていた。

薪の上に父が集めてきたコクバを乗せて、カズオは緊張しながらマッチで火を付ける。からからに乾いたそれに燃え広がり、暗い窯場がじんわり明るくなる。みるみるうちにパチパチ音を立てて燃え広がっていく。

兄はもう、今夜はこの家に帰ってこない。昼にこの家に戻って、父から小遣い銭を無心し、その後すぐに船に乗ったかどうかはわからないが、この島に夜いても、小遣い銭を使う場所などありはしない。だから夕方には船に乗って呉に向かったのだろう。この前もそうだった。夜は大丈夫だ。小遣いがあれば兄はしばらく呉にいる。明日は家で過ごすことができる。叔父は兄と顔を合わさずに済む。先ほど四人で仲良く晩御飯を取り囲む、などと夢想したが、そんなことは起こるはずはないのだ。

「お風呂、火を付けたよ」

カズオは父と叔父のいる部屋に戻り、叔父の隣に座る。

「おぉカズオ、もう風呂を沸かせるんか、お手伝いしてやれのぉ、父ちゃんの」

薄暗い電灯の下の叔父の顔は赤くなっていた。目元は柔らかいしわでふちどられていた。

カズオは毎年夏に見る、この叔父の顔が好きだった。叔父は口も柔らかくなり、毎年の繰り言を今年も始める。

「しかし家の中が男しかおらんのは、見ていてわびしいのぉ。初めからそうなのならともかく、ワシらここで暮らしとったけ、余計不憫に見えるわ。三原にはあんたの嫁さんも娘たちも残っているんだから、意地を張らずに呼び寄せなさいよ。まぁあんたが意地を張っているんじゃなくて、嫁さんが意地を張っているのもわかっているで」

叔父の言う「わびしい」がこの部屋のどの部分のことを言っているのか、カズオにはわからなかった。この部屋の何を見て、叔父は「わびしい」と言うのだろうか。

「本家の跡取りの身分を捨てて駆け落ちまでした二人じゃないの、あんたがこれこれで、と男所帯のわびしさ、不憫さをとつとつ訴えたら、あっちも情にほだされてこっちへやってくるよ。それを待っているんじゃないかねぇ？　まぁ今さらここへあの嫁さんが顔を出しにくいというのもわからんでもないが、もうそれもだいぶ前の話よ、覚えておるもんもそんなにおらんよ」

カズオは「あの嫁さん」がカズオの母であることは知っていたが、その人がいれば、この部屋や家は、だいぶ変わるのだろうか。父は黙って聞いている。

「ワシはあんたが帰ってきてくれたおかげで呉へ行けたが、墓参りに来るたびに家が陰気になっていくのを見るのも忍びないわ。嫁さんが来たら、少しはここも小ぎれいになって、ワシも帰りやすくなるんじゃがのぉ」

どこからか侵入してきた蛾が、電球の傘にぶつかる音が聞こえるほど普段静かな晩御飯が、叔父一人がいるだけで、古い土壁が叔父の大きな声を吸収しきれず反響している。一昨年の盆は叔父と従姉たちもやってきていたので、もっとこの家に似つかわしくない華やぎ、騒々しさがあった。それは以前行った、呉の町に似ている。叔父は静かすぎるのが嫌なのだろうか。

「そんなかのぉ」

父は眠たそうに返事をする。父はたぶん叔父ほどお酒に強くない。

叔父に呉に連れていってもらって、叔父の言う「わびしくない生活」を暮らしてみたい。と、考える一方で、この家の不憫さ、忍びなさ、を呪文のように叔父から浴びせられる父が、可哀そうに思えた。

「先に風呂に入りんさい」

と、いつものような静かな命令口調ではない、諦めたような力のなさで、父はカズオに言った。


カズオには兄の上に長姉がいる。兄とカズオの間にも次姉がいる。

父は長姉が生まれる前、母と駆け落ちしてこの島を離れ、母の親戚がいる三原という町に行った。父の実家であるこの家は、海は近いが漁で生計を立てているわけではなく、段々畑で米やみかん、その他野菜を作っている農家だ。小さな浜辺の集落だがこの家は父の親戚の中では本家なのだ。

とはいっても、こうしてお盆の時期に墓参りにやってくるのは、父の弟にあたる叔父一家くらいしかもう他にはいない。

母は海軍兵学校の近くの食堂で働いていて、どこでそういういきさつになったか知らないが、父と駆け落ちしたのだ。

その頃はまだうるさい親戚もいたのだろう、大騒ぎになったらしい。何とか島に戻そうと親戚の何人かが三原に乗り込んで、怒ったりすかしたり、最後には懇願して何とか戻そうとしたが、とうとう匙を投げたらしい。

おかげで叔父は墓守のために、島に残らなくてはならなくなった。こんな島のへんぴな集落から出ていって、呉で工場勤務か、商売を始めてみるのもいいと意気揚々としていた叔父は、全く当てが外れて、そこから暗澹たる何年かを過ごした。

所帯を持ってもしょっちゅう船に乗って呉の町で飲み歩き、憂さを晴らして外泊することも多かったらしく、夫婦喧嘩も絶えなかったという。

カズオが生まれた頃、父は三原の軍事工場で働いていたが、そのせいか喘息もひどくなってきて、父は島へ帰ることにした。母はついてくることを拒み、二人の姉たちは母のそばにいると言い、父、兄、幼かったカズオの三人で引っ越してきた。叔父はこの申し出に驚喜し、すぐに家族で荷造りをし、家もきれいに片付けて、とっとと出ていった。と、いうのが叔父や近所の小父さん小母さんの話から、カズオが解釈した顛末だ。

カズオは三原の思い出も、母や姉たちの思い出も、この家に来た時の印象もない。

気が付いた時から叔父の言う「わびしい」住まいなのだ。

ふと、柏くんの家を思い出した。

玄関は広かったが、壁に飾っているものもなかったし置物もなかった。カレンダーも貼っていない。靴も一足も置いていなかった。あの学校に送り迎えにくる爺さんも一緒に住んでいるらしいのに、物音ひとつしない。

障子越しに見えた、何を収めているのかわからない、もったいつけた箪笥の上の置時計の音だけが、コツコツ足音のように響いていた。上等な木と紙に囲われた入れ物、箱のような家だった。

カズオの家が物がなくて静かで、「わびしい」のなら、

「柏くんの家だってわびしいじゃないか」

カズオは蒸し暑い夜を、隣の部屋からの叔父の繰り言を、聞き慣れない子守歌にして眠りについた。

翌朝、叔父はカズオが目覚めた時にはもう家を出て墓参りを済ませ、昨夜カブトム

ンを入れた植木鉢に敷いた畑の土を全部捨てて、かき集めてきた湿った雑草を入れ、カズオの手首の太さくらいの枝を横たえた。

「これでムシもつかまっとられるじゃろう、こいつもなんかにつかまってないと不安よのぉ」

叔父にはカブトムシの気持ちがわかるのだろうか。父もカズオも、虫に対して全く気が付かないことを、叔父は気づく。

「カブトムシはよくシッコするけぇ、この敷いている葉っぱもマメに替えちゃれの」

金属の洗面器から見栄えのよくなった部屋になったが、カブトムシが元気になったようには見えなかった。そして叔父は呉に帰っていった。

その後すぐカブトムシは死んでしまった。蚊帳の切れ端で覆っていたのをはがして植木鉢の中を見ると、動かなくなっていた。カブトムシはやかましいセミみたいに鳴き声を出さないから、生きていても死んでいても、カズオの感情に訴えるものは何もなかった。せめて何か最後に鳴いてくれたら存在を思い出すのに。敷いた葉っぱも替えないままだった。

柏くんになんと言おうかと思った。

「死んでも構わない」と柏くんは言ったのだから、別に死んでも文句は言わないだろう。ポケットに入れて歩いているくらいだから、もともと死んでも構わない程度だったのだろう。いや、大事だからポケットに入れていたのだろうか。

夏休みの終わりが近づいてきたが柏くんと会うこともなく、相変わらず日がな一日、段々畑や柏くんと出会った公園、柏くんの家のある集落をうろついて過ごしていた。夕方になって家に帰り、また父と二人で晩御飯を食べ、父の沸かした風呂に入って、明日への憂鬱を抱えて眠りにつく。

そしてやっと学校が始まってくれた。校長先生は真っ黒になったじゃがいも生徒たちの前に立ち、長い挨拶を始めた。

「只今日本は、大東亜共栄圏の平和を獲得するために、敵国と戦っております。兵隊さんたちは、皇国日本、そしてそこで暮らしている皆さんのために、海の向こうの大陸、あるいは海上において今も戦っておられます」

ふと後ろを振り返ると、一番後ろに柏くんがいた。着ているシャツは相変わらず真っ白だった。柏くんも真っ白だった。一番後ろから全体を眺めているようで、何も見ていないような目をしている。

「少国民である皆さんも、兵隊さんたちを見習い、心身をしっかり鍛えましょう、私たちの父たる天皇陛下のために万歳三唱をいたします。あちらが天皇陛下のおわします宮城の方角です。さぁ皆さん整列して、さんはいっ」

天皇陛下、ばんざい。

ばんざぁい、ばんざぁい、ばんざぁい。

セミも校長先生と呼応するように、ばんざぁいと鳴いている。

セミの声も聞こえなくなった頃、国民学校の帰り道、カズオはいつものように家の裏山の段々畑から呉の港を眺めていた。

夕日に染まった瀬戸内海に、駆逐船や巡洋艦が浮かんでいる。今日はこの夕焼けの空がどこらへんまで夜の黒に染まったら家に帰ろうか、そんなことを考えていた。お腹がすいていることも忘れるほど暑い時期が終わって、今度は空腹と戦わなくてはならない。

ふと座っている段々畑を見下ろすと、横顔を夕焼けに照らされながら、こちらへ坂道を登ってくる柏くんがいた。

カズオは学校が始まっても、柏くんに話しかけていない。柏くんもカズオに話しかけてこない。だからカブトムシのことも話していない。カブトムシの死骸を処理した時のことを思い出した。父が手入れしている畑の向こうの、粗末な生垣の向こうの道路にめがけて思いっきり投げた。植木鉢もすぐに納戸に収めた。それから納戸は開けていない。

そう柏くんに言おうか、死んでもいいと柏くんは言ったのだから別にカズオを責めたりしないだろう。だいたいあれから夏休みの間も、学校が始まっても、何も言ってこなかった。

考えているうちに柏くんはカズオの目の前に立った。カズオは柏くんの足元を見た。きれいな靴だ。靴下もきれいな白色をしている。柏くんの白い足と境目がないくらい。

「何してるの？」

カズオはそう言う柏くんを見上げ

「君は何しにきたの？」

と、聞き返してやろうかと思ったが、「きみ」という言葉を使うのが嫌だった。

「うちにこない？」

柏くんはカブトムシのことを何も言わない。言われたって構わないが。でも柏くんに誘われて本当はすごく嬉しい。本当はすごくそれを期待していた。段々畑を登ってくる柏くんを見つけた時から。いや、もっと前から。カズオはうなずいて立ち上がった。

夏の真っ盛りに柏くんの後ろをついて歩いた学校の裏手の広場を抜け、同じように柏くんの後ろをついていく。小さな港の近くに差しかかった時、

「おぅ、友達か」

声の主は兄だった。

ゆっくり後ろを振り返ると、やっぱり兄がいた。

すっかり伸びた髪の毛をきれいに後ろでなでつけて、襟を大きく開いた縦じまのシャツを着ていた。その目はニヤニヤ笑っていて、まるで小さな「やさぐれ者」だ。カズ

オはその言葉の意味はよくわからないが、きっとこんな風貌の、こんな表情をする人間を表す言葉に違いない。休み明けの校長先生の言葉、

「少国民」

を思い出す。一年前の兄はそうであったが、今は全くその面影はない。兄はペタペタ、サンダルの音をさせてゆっくり後ろから回り込み、前を歩いていた柏くんの前に立つ。そして柏くんを頭の先から足元までさっと目を走らせて言う。

「うちの弟と？　仲良くしてくれているん？」

さっきカズオに声をかけた時と別人のような声色で、柏くんに話しかけた。カズオはいきなり兄に別人が乗り移ったのかと思った。

「頼みごとのお礼をしたいと思います」

柏くんは兄の質問を全く聞いていないように、しかしにこやかに答えた。カズオからはその表情は見えないが。

「ふぅん、カズオ、なんか手伝ってやったんか」

手伝う、とは違うと思ったし、何よりカブトムシを生かして返したわけではないの

で、なんと返事をしたらよいかわからなかった。

「まぁ、また手伝ってやれの」

そう言って兄は柏くんに道を譲って、脇に控えたのだ。こんな柏くんとは真逆の恰好をした兄が、下僕のようにきちんと見送る姿勢をとっている。そして歩き出す柏くんの後ろで、動けず立ちすくんでいたカズオの前を立ち塞ぐこともしなかった。

カズオを置いていく柏くんの背中を見送りながら、視野に入っている兄の気配に固まっていたら、

「行け」

というういつもの兄の声を聞き、縄から解き放たれたようにもつれる足で柏くんの背中を追いかける。柏くんは誰にも声などかけられてないように歩き続ける。カズオは振り返るのが怖くて、ゆっくり歩く柏くんに追いついて、そのまま越してしまいたかった。

前に来た柏くんの家は、セミの鳴き声も遠慮しているような、真新しい障子に音が吸収されているほど静かな建物だった。真夏の日差しに新しい建物はまぶしかった。

夏も終わりかけの今日の夕暮れに浮かぶその建物は、白さより静かな赤さを映していた。カズオの家のように光を吸収して全て黒くする建物ではなく、光を反射してなお、音さえ反射しているようだ。

玄関を上がらせてもらい、前のように無言で先を歩く柏くんについていく。廊下から見える部屋は夕陽の赤さに染まっていた。通り過ぎる部屋には前と同じ場所に箪笥があり、置時計が静かに時を刻んでいた。

すっと障子を開けて柏くんの部屋に引き入れられると、そこには前には置いていなかったものがあった。

「これは？」

と、聞かなくても蓄音機だということはわかった。柏くんの机と家具のような本棚の間に、きれいに彫刻された洋風の台が畳の上に置いてあり、磨いた小銭の色の、アサガオの親玉みたいなラッパの顔が、カズオという闖入者を迎えた。

「聞いてみる？」

柏くんはカズオのほうを見ずに問うた。これが「頼みごとのお礼」か？と、カズオは少しがっかりして返事をできずにいた。柏くんはラッパの下に澄まして用意されていた、黒い円盤に針を落とす。

呉で父と見た映画で、こんな蓄音機を見たことがある。映画の中で蓄音機が流す音楽に合わせて、頭の重たそうな髪型をした着物姿の女性と、背広姿の男性が踊ったり、三味線を弾いていたり、何だか女性が泣いていたりしていた。カズオが見ても全くつまらない映画だった。島の祭りで講演した、任侠股旅ものの芝居のほうがよっぽど面白かった。チャンバラや登場人物のかけ合いがテンポよくて、のんびりして退屈な島の生活とは、まるで違う世界が楽しかった。集落の大人も子供も、笑ったり、かけ声をかけたり、普段聞いたことのない大声にびっくりした。

今、柏くんの部屋で流れている蓄音機の音は、男女が躍るような曲調ではない。クラシックというやつだろうか、日本の楽器の音色ではなく、何だか怨念が迫ってくるような、不安にさせる音楽だ。

「バッハだよ」

バッハか。

そう言われてもこの程度の感想しかもてなかった。気味悪い曲だね、と答えるわけにもいかない。柏くんはさらに言う。

「小フーガ、ト短調」

先ほど兄に会ったせいか、去年の夏、兄がカズオに言った言葉を思い出した。

「大皇陛下がこの呉に来たんで。ホンマにすごいことよのぉ」

あの時の兄は興奮していた。弟にその「すごいこと」を伝えたい、という気持ちはカズオにも伝わった。柏くんもこうやってバッハだの、小フーガだの言うのは、それは兄と同じように、それをカズオに伝えたい、ということなのだろうか。

兄も柏くんも、カズオのどんな返事を聞きたいのか。どう返事をするのが正解なのか。それとも返事を期待されている、などと考えを持つ自分は、ただ勘違いをしているだけの哀れな存在なのだろうか。

カズオが何も答えられず、黙っているので、さすがに柏くんも察してくれたようで、蓄音機のレコードの針を外してくれた。圧迫感のある音楽から解放されて、カズオは思わずほっとした。

そしてすっと柏くんは立ち上がり、机の上に置いてあった折りたたんだ紙を広げ始めた。

カズオの前で開いたそれは、カラーで印刷された広島市内の地図だった。

地図の真ん中付近にお城の絵が描かれており、その周辺には「旧大本営」「西練兵場」「憲兵本部」など、見たことのある漢字が書かれていた。

「廣島湾」と書かれた青い印刷の海の上に、カズオの住む島はあった。こうしてみると、広島市内と島は近いように見える。

「柏くんの家はどこなん?」

山を表す緑に囲まれた中に、くすんだ黄色で表された平野の部分が大きく広がっている。

平野ということはこの部分は町なのだろう。柏くんはとても田舎の子には見えないので、どこかを指さされると思った。指さされて場所がわかったとしても、たいした感想はないのは、先ほどのバッハと同じだが。

「意外とこの島と広島は近いでしょ」

カズオの感想を柏くんも言った。カズオの質問の答えはなかった。

この島から広島よりも、もっと近い場所に呉の町があった。呉は広島の町に比べると小さいが、呉の湾には軍艦の絵が四艘描かれている。その海はカズオが段々畑や、国民学校の教室から眺める艦隊を見送る海だ。やっぱりだいぶ広島より近い。海軍兵学校の生徒たちが乗船する、小さな港の名前も載っている。しかしその生徒たちの通う、海軍兵学校の名前は地図に載っていない。

「でもね」

カズオが使ったことのない言葉で、柏くんはこう続けた。

「地図をあまり他人に見せちゃいけないんだよ」

「他人」とはカズオのことか。確かにそうだけど、カズオは別に見せてくれと頼んだわけではない。

「ふーん」

そんな気持ちを表すと柏くんはどう反応するか、自分だって黙ってばっかりの子供ではないんだ。カズオは素っ気なく答えることができた。少し気持ちがせいせいする。

でも、よかったのかすぐ不安になる。

するど柏くんは本棚に振り返り、

「この本、貸してあげるよ」

と、前にカズオが関心を寄せた『ロビンソン』の本たちへ視線を向けた。

「えっ、ほんま？」

と、思わず柏くんの使わない言葉で喜んでしまった。だから嬉々として本を選ぶ姿を柏くんに見せるのは悔しくて、この前手に取った『ロビンソン』を悩まず選んだ。カズオのいつも読む漫画本より分厚くて少し重い。でもこの本を家に持って帰っていいのはすごく嬉しい。

柏くんの家を出る時、この本をいつ返せばいいか聞かなかった。柏くんは広い玄関まで見送りに来てくれたけど、カズオは柏くんを振り返らず、お礼も言わずに家を出た。

昭和十七年、兄が不合格になった同じ秋が過ぎ、アメリカとの戦争が始まった同じ冬が来た。

柏くんは相変わらず、迎えに来る爺さんと一緒に学校から帰っていたが、その前にカズオに話しかけてくることがあった。その時、教室だろうと運動場だろうと、同級生たちは息を呑む。話しかけられたカズオに注目が集まる。

「今日、うちに来る？」

カズオは同級生の好奇の目に、恥ずかしいやら嬉しいような誇らしいような、声が出せずにうなずく。そして柏くんは何もなかったように帰っていく。取り残されたカズオは、同級生に何も声をかけさせる隙間を与えないよう、教室を飛び出していく。校庭を歩いていく柏くんや爺さんも追い越していく。

そうしてカズオは何かの勘違いではなかったかと、恐る恐る柏くんの家を、柏くんの先導なしで入っていく。

「お邪魔します」

隣近所の家でもかけたことのないカズオの挨拶が、広い玄関の冷たい天井と冷たい床に吸収される。寒くなって靴下を履いている足元が、一層寒くなる気がする。

柏くんは玄関まで迎えに来てくれて、カズオに上がるよう指示する。

こうして柏くんの家にたまに迎え入れられるようになった。

蓄音機はもう柏くんの部屋にはなかった。そのぶん部屋は前のように広々となった。

カズオは借りた『ロビンソン』をまだ読み終ってはいなかったが、柏くんに返した。

柏くんはまた、カズオに違う本を持って帰るよう促した。


兄も相変わらずたまに家に帰ってきて、父から小遣いをもらい、それを持って夜までに呉行きの船に乗る。カズオの広いが古い家に、兄の寝泊まりする場所はもうなくなった。

そんなある日、日の暮れて寒くなった柏くんの家からの帰り道、貸してもらった本の重みにも慣れ、カズオの家のほうからやってくる兄に、ばったり出会ってしまった。

「それは何じゃ」

島の人間が着ないような光沢の黒い服を着て、柄の入ったズボンを履いた兄が、カズオに近づいてきた。タバコのにおいがする。叔父からのにおいのとは違うにおいだ。

兄はカズオが抱えていた、柏くんから貸してもらった本を目ざとく見つけ、自分に差し出すよう手を出した。兄に取り上げられてどこかに持っていかれたら、どこかに売り飛ばされたらどうしよう、とカズオは躊躇したが、カズオが抵抗することなどまるで念頭にないように兄は、焦れる様子もなく手を出している。しょうがなく本を手渡すと、兄はその厚めの本をペラペラとめくり、背表紙や装丁を冷やかすことなく確認するように眺め、カズオに言った。

「ふぅん」

いつ頁をめくるその指が、本をビリッと引き裂くか、カズオは喉が詰まる思いになった。

「柏くんに、くっついとくんで」

と、本をカズオに返した。そしてカズオを押しのけるように通り過ぎて、小さな港のほうへ歩き出した。カズオはゆっくり立ち去る兄の足音が小さくなるのを待って、走り出した。すると兄の声が背後から追いかけてきた。

「おぉ、そういや」

カズオは足の裏が地面に張り付いたように立ち止まった。続けて兄がかすれた高い声で大声を上げる。

「お前は知らんか、敏子のこと」

としこ？

ゆっくりカズオは兄に振り返る。

「ワシらの姉やんよ、お前は覚えとらんか。あいつこの前結婚したらしいわ。ワシには連絡ないんで、今オヤジに聞いてもすっとぼけやって。お前になんかゆうてなかったか？」

カズオは首を振った。初めて聞く名前でもあるし、もちろん姉の話題が出たこともない。

「あいつ散々えらそうなこと言ってたが、結局呉の農家に嫁に行ったんで。まぁあいつの器量じゃ農家がええとこよ。広島の大店に嫁に行ける器量じゃないわなぁ。そういうとこへ行けりゃ、こっちもなんかお相伴にあずかれるとこじゃったんじゃがのぉ」

と、背中を向けてまた歩き出した。

カズオは兄の後ろ姿を、今度は見えなくなるまで見送った。

見も知らない姉のことより、兄が柏くんの名前を知っていたことが、なぜか怖かった。

家に着いて、電球が灯っていても薄暗い部屋で父と夕食をとる。父とカズオの二人分で兄の分はない。カズオは兄に会ったことを父に言わない。父も兄が家に帰ったことを聞かれなければ自分から話したことはない。もちろん敏子という姉のことなど、結婚したことなど、わざわざ聞きたいことでもない。

無事だった柏くんの本を広げて、カズオは思う。

じゃがいも同級生たちから借りた漫画本だったら、兄は真ん中から破ってそこらへんの畑に放り投げていただろう。そして本当におかしそうに笑うだろう。

この本は、夏の終わりに出会った柏くんから借りた本とすぐにわかったのだろう、だから兄は放り投げたりしなかったのだ。どうして兄は、柏くんの名前を知っていたのだ。

確かに柏くんはみんなとは違う、お金持ちの家に違いない。以前の兄なら、海軍兵学校の試験に落ちる前の兄なら、きっと、じゃがいも同級生の漫画を、

「見せろ」

と言って取り上げている。そしてさっと目を通して、

「子供の漫画じゃのぉ」

と言って、そこらへんに放り投げておくだろう。

柏くんの本だって
「高そうな本じゃのぅ」

くらいの反応で、興味もない子供向けの本など、はなから読みもしないだろう。

何もかも兄が試験に不合格になったことが兄を変えてしまった。兄の肺の機能が強くなかったせいで。強くない肺に、今はメリメリ音を立ててたばこの煙が吸い込まれていく。

去年より細く、薄くなってしまったように見える兄の背中を思い出した。恰好も変わってしまった。もしかしたら今頃、海軍兵学校の制服を着ていたかもしれないのに、あの姿は本当に兄の姿だろうか。もうすっかり、あれは子供の自分でもわかる。近所の人たちはあの兄の姿を見て、噂を伝染させているだろう。

噂をする、というのはすごく活力がいることではないだろうか。カズオは人のことを全く評さない父を見ていて思う。父はそんな活力のかけらも残っていないように、毎日かすれた日々を送っている。何が父をあんなに物憂げにしているのだろう。

カズオは柏くんに見せてもらった「他人に見せてはいけない地図」を思い出した。

あの広島地図には、この島と、小さい港と、呉の大きな軍港が戦艦の絵入りで載っていた。小さな港のほんのすぐ横に海軍兵学校はある。峠を越えたすぐ先だ。そして海軍兵学校には練習艦が出向していく海軍兵学校専用の港もある。あの地図には海軍兵学校も、専用の港も、なぜか載っていなかった。

毎日の過酷な訓練に音を上げそうになるのをじっとこらえて、練習艦に乗船して海軍兵学校の港から、世界の海に身を預けることを夢見ていた兄をカズオは想う。そのために必死に勉強していたであろうことも、想像できる。あの細い体で、何度も何度も海に潜って必死に鍛えていた。

真っ白な凛々しい制服姿の兄を、叔父より、集落のみんなより、誰よりも期待していたのは兄自身なのだ。学科試験も、体力測定も、必死に努力してきたことは試されないままに終わってしまった。望みが絶たれて一番苦しいのは兄なのだ。

広島よりも呉よりも、近くにあるはずの海軍兵学校が、記述にない地図のように、はるか遠い海の向こうにある。

昭和十九年夏、海軍兵学校の生徒数はますます増えていった。呉に向かう小さな港に集まる生徒の数も、船に乗るために整然とした態度ではいるが、押し合いへし合いしている。一度に乗船できる人数は限られているから、あぶれて待たされている生徒たちもいる。

生活もだんだん変わっていった。国民学校では軍隊の人が怖い顔をして、校内をいつも歩いているし、たまに廊下から教室に入ってきて授業の様子を見ている。授業中の生徒は、竹のものさしで背中に突き刺されたように、背すじをピンッと張らなくてはならなかった。教壇に立つ若い女の先生も、緊張で最初は声が震えていた。校長先生の話も軍隊口調になって、「皆さん」と言っていたのが「諸君」と変わった。大人たちは顔つきが以前と別人になっていった。

じゃがいも同級生たちは、振り回して遊んでいた棒っ切れが、手先の器用な父親が作ってくれた木製の銃剣に変わって兵隊ごっこをしている。仲間はその銃剣欲しさに取り合いになって、泣いたの泣かせたの、教室の中で、校庭で、自我を奇声に変えて主張している。手先の器用な父親を持つことが、一時彼らの憧れとなった。カズオは父に銃剣を作ってくれ、などとねだらなかったのでもちろん、その仲間に加わることはない。

それでもじゃがいも同級生たちはそんなカズオに対して

「臆病者」

だの

「非国民」

だの、言ってくることはなかった。

それはたぶん、柏くんのせいだ。いや、柏くんのおかげなのかもしれない。なぜなら、柏くんも当然その遊びに加わらず、授業が終わると爺さんとさっさと家へ帰っていく。

柏くんはその頃から、学校を休むことが増えた。爺さん一人が学校にやってきて、カズオたちの入ったことのない部屋に入っていき、何やら話して帰っていく。そんな日は、

「今日は柏くんの家に行けない。何をして時間を潰そうか」

と、憂鬱になる。

そんなぼんやりしているカズオの横で、じゃがいも同級生の女子たちはというと、母親たちが寄合所に集まって、千人針だの慰安袋だの、どこかの大陸とか島々、遠い異国でお国のために戦ってくれている兵隊さんのために、縫物をする手もおしゃべりも止まらないらしい。そのせいで子守をしなければならない、お風呂を沸かさなければならない。おしゃべりせずにさっさと帰ってこい、と女子たちは校内を巡回している軍人に見つからないよう、ひそひそ口々に言い合い、おしゃべりが止まらない。

何にしても器用なことはいいことだ、とカズオは思った。

手先が器用かどうか、銃剣を作ってもらってはいないが、父と家の裏手の斜面に防空壕を作った。

もちろん大人一人と子供だけでできるものではないので、隣近所の人も手伝ってくれた。もともと斜面に草木が生い茂っていたところなので、穴を掘る前にそれらを伐採しなくてはならない。近所の大人の男手が複数なければ、一か月あっても完成しなかっただろう。

　校長先生から防空壕の用途の説明があった。敵機が空襲してきた時に避難する場所であるが、この島には山々の上に機銃掃射のある砲台が何台もあるので、すぐに敵機など追い払ってくれる。諸君たちは慌てることなく粛々と避難行動に入るべし、と教わった。

　一週間前は、近所の家の防空壕掘りを手伝った。カズオにできることは掻き出した土をバケツで運ぶくらいだったが、ここで手伝っていれば近所の人には「ありがとねぇ」と言われるし、何しろ兄と出会わないよう、さまよい歩かなくても済むので、苦にはならなかった。

　その手伝ってあげた家の小父さん、小母さん、その他の近所の人も手伝いに来てくれた。カズオもせっせとバケツで土を運んでいく。この家にこんなに人が集まるのは、幼い頃に誰かのお葬式をあげた時以来だ。その時は今とだいぶ雰囲気が違って、みんな喪服を着ていたが、お坊さんの声の潰れたお経の後、賑やかにお酒を飲んだり、おしゃべりしたり、そう、あの時叔父もここにいた。叔父が話の中心だった。だから賑やかだったのだ。父はその時、どこにいただろう。

今、ここにはたぶんその時と同じような顔ぶれが並んでいるはずなのに、皆黙々と、土を掘ったり運んだりしている。

一週間前の手伝いに行った家は、もっと賑やかだった。小父さんも小母さんも、このお嬢さんも、大声でお互いああしろ、こうしろ、暑いんじゃ、はよせんにゃ日が暮れるでぇ、と罵り合っているように見えたが、他の近所の人々はそれを聞きながら笑っていた。笑っていないのは父とカズオだけだった。

そういえば小母さんみたいに、みんなのお茶を用意しないといけないのか、握り飯を用意しないといけないのか、と父に話しかけようとすると、ちょうど父がそれらを持ってきて皆に勧めていた。

「ああぁ、こりゃすみませんの」

と言って小父さんはどっこいしょと縁側に座ってお茶をぐいっと飲む。それに合わせて小母さんもお嬢さんも、その他近所の人も腰をおろして握り飯をつまむ。ひと時の休憩が始まった。

雑談が始まるのだが、カズオはここで聞ける話が好きだ。一週間前はそこのお嬢さんが父親と潮干狩りに朝早くから出かけていき、同じように出くわした他の地区からきた住民と「出ていけ」「お前こそ」と大乱闘が始まりそうだった話を、面白おかしく話していた。

今日は同じお嬢さんが小さい頃に体験した、海軍兵学校の話題になった。

「うちがすっごい小さい頃、お父ちゃんとお母ちゃんが、『大変じゃ、大変じゃ』、ゆぅて大騒ぎしてたんよ。うち、何が大変なんって聞いたんよ。そしたら海軍兵学校に天皇陛下がお見えになるって」

「あぁ、あん時か、ほんますごい騒ぎじゃったよのぉ」

と、別の家の小父さんが懐かしそうに言う。

「ふーん、何が大変なんじゃろう、とたいして気にもしていなかったら朝よ、大砲の音がどぉんどぉん、って鳴り響くんよ。いつも聞く大砲の音と違って、それを聞いた途たん、お父ちゃんとお母ちゃんが、今度は『きんさった、きんさった』って大騒ぎしだして、『だれがきた、だれがきた』って聞くのに、誰もかまっちゃくれん、『静かにしっ！　天皇陛下が海軍兵学校の港においでになられたんじゃっ！』って、あれは天皇陛下をお迎えする祝砲だって言うんよ。『天皇陛下は島に来て何をするん？』って聞いたら、海軍兵学校の生徒さんたちのお相撲や剣道を見てくださるんだって。うち、『あのかっこいい生徒さんたち？　私も見たい！　見に行きたぁい！　連れていって！』って今度はうちが大騒ぎしたんよ、そしたらお父ちゃんが、『なに言うとるんじゃ！　今、神様がこの島においでになっとるんぞ！　騒ぎよったらわれが男じゃなくてもぶっ飛ばすど！』って、赤崎のやぶ（鬼）のような顔してわめき散らすんよ、自分のほうがよっぽどうるさいじゃんねぇ」

皆がどっと笑う。

お嬢さんはますます話に興が乗って、

「そしたら軍楽隊の『君が代』が聞こえてくるのよ。お母ちゃんそっちの方向に手を合わせてなんかもじょもじょ言ってるの、お父ちゃんもさっきの怒りを忘れて慌てて庭に降りて、海軍兵学校に向かって敬礼してるの。なんかすごいことが起こっているんだ、と子供ながら思ったわぁ。でもすごいよねぇ、今ならよぉくわかるよ。天皇陛下がこの島に降り立ちになられたと思ったら、どうしてあの時うちは何も考えてない子供だったのか自分に腹立つ。あの時の自分に会えるなら、それこそ『静かにせえっ！』ってぶっ飛ばしてやるわ」

再び皆がどっと笑う。父も口の端を歪めて笑っている。

「この島はよかったよね。呉の友達は言うのよ。あんたとこの島には段々畑と海しかないじゃない、こっちは呉鎮台府があるんよ、海軍工廠もあるし、水兵さんもたくさん船で寄って賑やかなんよ、って言われるけど、何言ってる、こっちはあの海軍兵学校があるんよ。世界でも三本の指に入るほどの学校なんよ。お金持ちじゃない家の子でも、何でもない農家の子でも、成績がよければ皇族の方々と一緒に海軍のエリートになる勉強をするところなんじゃけぇ、お国のために世界の海に行くんじゃけん。先生たちも外国から呼んでくるし、天皇陛下だっておいでになってくれるんよ、呉にいらっしゃったことあるんかって、言ってやったわ」

カズオは呉鎮守府に明治天皇が来た、と以前兄が言っていたのを思い出した。

お嬢さんの話が、今いるカズオの家にとって微妙な淵に入ったのを、敏感に感じたらしいその父である小父さんが、話を中断しようとする。

「さぁて、今日の終いまであとひと踏ん張りじゃ」

と合図のように腰を上げる。

それにつられるように、他の面々もそれぞれの持ち場に向かってゆく。

ともかく夏に入る手前に、我が家用の防空壕ができた。父は入口付近を近所の人にわけてもらった木材で補強し、中の地面をさらに一段低くして段差を作り、使ってない部屋の畳を一枚持ってきて敷いた。そこに座ってみると幾分天井が高くなった。父と二人で入るなら十分に思えた。

兄に会わないよう、この暑さの中さまよい歩かなくても、ここに隠れ込めば無事なのではないか。少しひんやりする、本物の土でできた壁を触ってみる。指の先からポロポロ土が削れた。まだその頃は、本当に防空壕として使う日が来るなんて想像してなかったので、カズオは呑気にいいものができた、くらいにしか考えていなかった。

夏はいよいよ本番になり、国民学校も夏休みになった。

しかし盆が近づいた頃、カズオは海で鎖骨を骨折した。防空壕を掘った後でよかった。左のほうを折ったので、左手が使いづらいし肩が上がらない。右手は何とか我慢できるかと思ったが、そのうち熱も出て、あまりの激痛に顔を歪めているのを父に見破られて医者に連れていかれた。鎖骨をぐるぐるに固定され、鎮痛剤も処方された。

「お前、どしたんな！」

いつものように盆の墓参りにやってきた叔父が、玄関からどすどす入ってきて、居間で半裸で転がっていたカズオを見て、仰天した大声を上げる。

海で滑って転んだ時に、鎖骨を折ったと伝えた。

「海で？　お前、前も海でこけて、溺れたとかゆうとったの？」

そんなことは覚えているのか。もっと違うことを覚えていてほしい、とカズオは熱のある頭で恨みがましく思った。

「お前、なんか海でしよるんじゃないか？　去年はどうかしらんけど、そんな何回も海で転ぶようなとろくさい奴じゃなかったと思ったが」

それでも熱のせいで、起き上がることも、ろくに返事もしないカズオを見て、

「まぁ、もう今年はこれじゃ海に入れんの、暑いが我慢じゃの」

と、叔父は今度は父に、若い頃喧嘩して、相手のすねを蹴り飛ばした時、足の中指の骨が裂けて、それが今でも梅雨とか天気の悪い日にはチクチク痛む、という話をしていた。

そして今年の夏は、とうとう叔父は兄と再会してしまった。今までうまい具合にすれ違っていたのに。

叔父は例年のように、炒った豆やら青菜の浸したものをつまみに父と晩酌をする。カズオは横で焼き魚を食べている。利き腕である右の鎖骨を折ったわけではないが、左腕が使えないのは食べるのも不便だ。熱が出ているのでそれほど食べたくもない。食べにくいのに、しかもこんなに小さい魚の身なんてほぐせない、と少し父の想像力のなさを呪った。いつまでたっても呉に誘ってくれない叔父の想像力のなさを呪った。食事はどうでもいいから、早く横になりたかった。

そんなことを考えるより他のことを考えよう、と叔父の毎年の繰り言をうわの空で聞きながら、この骨折のおかげで、今年はもう所在なく暑い日々をさまよわなくても済むかもしれない。兄だってこの姿を見ればさすがに。

「ミサ子は工場に行きよるん？」

父は叔父のコップに酒を注ぎながら言う。もうこの一升瓶しかお酒は残っていないことをカズオは知ってる。

「そうなんじゃ、学徒動員でのぉ」

お酒が回ってくると、ギラギラしてくる叔父の目に、暗い影が落ちる。

「長かった髪の毛もばっさり切ってでのぉ、真っ黒なモンペ着て働きに行きよる。いや、働くんやない、奉仕じゃ、ゆぅての。お国のために、あの水兵さんたちは遠い島で戦っているって。毎晩遅くまで、クタクタになって帰って文句も言わん。紅も白粉もかなぐり捨てて工場へ行っている。なんかあの軽薄な、兵隊らにキャアキャア言っていた子供の頃から、大人になったのぉって思うわ」

父は黙って聞いている。

「下の子は、智子はまだまだネンネで、食べるもんがイモばっかりだとか、こんな膨らんだコメはまずいけ、よぉ食べんとか、しくしく泣くんじゃ。映画を見たいのおしゃれの雑誌を読みたいの、そんなこと言っては姉ちゃんにどやされよる。嫁さんは配給だけじゃ食べられないって、ブツブツ文句言ってくるし」

なめらかな口が一瞬閉じた。叔父の言いたいことが、父とカズオの間に電信のように通じたが、二人とも黙っている。叔父はそれを察し、言わなくてはいけないと覚悟を決めたように口を開こうとした。

ガラッ。

玄関を乱暴に開ける、聞き慣れた音がした。どすどすと、叔父のように、しかし悪意のある体重を乗せて、廊下を踏み鳴らして近づいてくる。

叔父の口元が固まり、父はちゃぶ台の上に目を落とし、カズオはそっと自分の鎖骨に手を当てる。

「なんじゃ、来とったんか」

いつもの辛気臭い親子の他に、異邦人のような人種を見つけた、という目で兄は叔父を見下ろす。

叔父はおそらく「そんな姿」の兄を初めて見たのだろう。想像していた姿とあまりに違い、あっけに取られていた。しかし、一瞬でも油断したことを恥じるように、

「そら来るわい、ここはワシの家でもあるけぇの、遠慮なんかしとらんわい」

叔父の日の周りの皮膚が、酒のせいだけではなく、血の色が注す。

カズオはとうとうこの日が来てしまった、寝床に横になれるのは何時になるだろう、とすぐに諦めの気持ちに落ち着くことができた。やはり熱のため、朦朧としているのだろう。

戦う二人と傍観する二人、早くも部屋の中の温度が二種類に分かれるのを、この部屋の全員が感じたのではないだろうか。

「そうか、墓参りか、来たのはおのれだけか、色気づいた二匹のオナゴは呉でお留守番か、うるさいオヤジもおらんことで、今頃羽伸ばして水兵漁りよ」

どうして兄はこんなに言いたいことが、すぐに文章になって口に出るのだろう。

「いつの話をしよるんな、はぁもう何年も娘らには会ってないくせに」

「そうやったかね、そらすんません、盛りのついたメス猫のように水兵が渡る橋の上

をウロチョロしてた姿しか覚えてないもんで。『にいちゃぁん、海軍兵学校に入学したらすっごい出世しそうな人紹介してねぇ、東京に暮らしてる人がいい』なんてアホなことキャアキャア言ってきてたわ。自分の器量を見て言えばいいのに、ホンマ頭の軽いオナゴたちよ。あんたとこの娘たちは」

　叔父はひとまず相手の調子に乗るまい、とするように、

「うちの娘らは今、上から下まで真っ黒の動員服着て工場で働きよるわ。いや、働くんやない、奉仕じゃ、南方でお国のために働きよる兵隊さんのために、身を捧げて奉仕しよるんじゃ。紅も白粉も、そんなもんかなぐり捨てて朝早くから夜遅くまで、毎日毎日クタクタになっても文句も言わん。文句言うたら水兵さんに申し訳ないけぇの。お前みたいにフラフラした奴のために働きよるんじゃない、お前はなんにもしていない、できない、何も考えていない。だから今が見えてない。国中一丸となって戦っているのが見えていない。見ようともしない。だから何年も前のことを、まるで今のことのように勘違いしている。そんなお前に何を言われたところで、はぁお前が気の毒でならん、可哀そうな奴にしか見えん。お前が何か言っても哀れになるだけだから、

黙ってオヤジに金の無心だけしとけ。お前にできるのはそれだけじゃろ?」

「金の無心?」

兄は叔父の最後の一言を、待っていたようにニヤリと笑う。

「食べ物、野菜とか、そういうものなら無心って言わんのじゃ。知らんかったのぉ。今度からオヤジにイモくれぇ、なんでも食えるもんくれぇって、言わにゃいけんの」

兄はいつもの甲高い、しかしかすれた声で大笑いする。

叔父は罠に引っかかってしまったような顔をする。

それでカズオは先ほど父との間に流れた電信の合図は、間違っていなかったことがわかった。叔父はひるんですぐに返事できない。顔だけますます赤くなっていく。父も黙っている。

そんな二人を見て、どうして兄風情の細っこい若い男に、大の大人二人の男が黙らされているのだろう、と歯がゆかった。

兄はヒーヒー笑った後、叔父を見下ろして言う。

「それに、お国のために戦うって言うが、そんなんで戦ってどうすんじゃ? そんなんで戦争行ったってただ死ぬだけじゃ。せっかく戦争が始まったのに、死んでしもうたら意味ないじゃん」

叔父は兄が何を言っているのかわからない表情で、本当に言葉を失ってしまった。

しかしここで勝負を捨てる叔父ではない。なんとか態勢を変えようと、

「戦争が始まったのに死んだら意味ないって、何言よるんじゃ、お前、あんなに海軍兵学校に入るために朝から晩まで勉強しとったじゃないか、遊びもせんで！」

と、反撃する。

一瞬の間で、叔父の脳裏にはその頃の兄の姿が思い出されたのだろう。叔父の口調が慰めのものに変わる。

「お前、試験に落ちたからといってそんな拗ねんでも。確かに勉強じゃなくて身体検査で落とされたお前の無念もわからんでもない、そう思うてお前のオヤジも、今のお前を咎めたりせんので、ワシも可哀そうに思う、本当にお前はよく頑張っていた。それはワシが保証する。だから徴兵にさえ行けんようになっても、あんなに熱心じゃったお前のことじゃ、絶対他にお国のために働けるところがある。前にも試験に落ちた

時にワシはそう言ったろ？　前線で戦う兵隊さんたちも立派じゃが、そうなれなかったからといって拗ねちゃお終いよ。自分ができることで、お国のために立ち上がるのを、ワシもオヤジもその姿を見せてほしいのよ」

叔父は最後には、懇願するように兄に言う。

なんだかこの二人のほうが、よっぽど親子に見えるのが不思議だ。

何より兄を、海軍兵学校に入るために勉強するのを間近で見て、応援していたのは父ではなく、叔父なのだ。たとえ普通に試験を受けて、不合格になったとしても、それで見捨てるような叔父ではないのだ。

しがみつく木がないと不安だろう、とカブトムシの気持ちを想像できる叔父なのだ。

そんな叔父に対して、兄はへらっとした様子で言う。

「だからぁ、ワシはお国のために働こうなんて、これっぽっちも思うとりゃせん。そんなのまっぴら。死にに行くようなもんじゃない。そんなんアホのするこっちゃ、わかっとらんのう」

叔父は兄が外国語をしゃべっているのか、というふうに口を半開きにしている。

父は兄の言わんとすることが、わかっているように黙っている。

そして兄はそんな大人二人をニヤニヤ見回し、

「ほなおっさん、達者でのぉ、たぶんもう会うことはないわ」

と、回れ右して、来た時と同じように玄関までドスドス歩いて出ていった。


次の朝、カズオは墓参りを済ませた叔父を、例年のように呉に向かう港まで、父と見送りに行った。昨日よりはカズオの熱も下がったようで、父と叔父の後ろをついて歩く。


父は今朝畑で用意した、夏野菜を風呂敷いっぱいに包んだのを抱えている。

セミのやかましい鳴き声を聞きながら、三人でトボトボ港へ向かった。

「ここはセミの声も近いよのぉ、前にここにおった時もやかましく感じたんじゃろうけど、呉におったら忘れてしまうの」

と、毎年同じ事を言う。そしてカズオのほうに振り返って、

「そういや前に、カブトムシを面倒みてくれって言ってた子とは、まだ仲良しなんか?」

これも去年も聞かれたのだが、カズオは「本とか貸してくれる」と答える。柏くんは、叔父の言う「仲良し」とは違う気がする。

「その子と休みに遊んだりせんのか？　海に行ったり」

言って叔父ははっとする。

「まぁ、今年はそんなじゃけ、もう無理じゃろうけど」

と、言い訳のようにごまかす。

カズオは、毎年その子は夏には広島市内に行くからいない、だからカブトムシを預かったのだ、といつものように返事する。

カズオの話など、聞きはするけど覚えてはいないのだ。

自分と兄との違いを寂しく思う。叔父と兄の間には何か「熱」がある。それが「血のつながり」というものだろうか。

カズオはただの「近所の子」のようだ。昔は叔父にこのまま呉に連れていってほしいと思うこともあったが、今ではその気持ちもなくなってしまった。「呉に遊びにこいや」と言われたら、行ってもいいけど。

柏くんの家を思い出した。

あの静かな家、上等の障子で仕切られた紙でできたような建物。物音も人影もない、足跡もない。風通しはよさそうなのに、風のそよぎを感じられない家。あの家のもつ、叔父の住む呉の町とは全く違う『異質さ』のほうに、今のカズオは心ひかれる。早くあの場所へ行きたい。

「ほんなら、その子が帰ってくるのが待ち遠しいの」

カズオがぼんやり考えていたことを言い当てた叔父は、やっぱり「近所の小父さん」ではないと、少しばかり涙があふれそうになる。

「そうなんよ」と返そうと叔父を見上げた時、叔父は父から手渡された野菜でつまった風呂敷包みを受けとりながら、父に向ってこう言った。

「こいつが一番苦労するのぉ」

夏休みが終わり、学校が始まって、また校長先生の万歳三唱があって、柏くんとも再会した。

柏くんは相変わらず真っ白の肌で普段と変わっていなかったけど、やはり学校に来ない日も多かった。

カズオと柏くんの微妙になった関係を、小動物の嗅覚で嗅ぎつけたじゃがいも同級生たちは、

「お前の兄ちゃん、非国民」

と、通り過ぎる際にカズオに囁く。そして仲間たちで声を殺して笑い、走り去っていく。

ある日、カズオは柏くんが迎えに来てくれた（とカズオは思っている）、すっかり雑草だらけになった元段々畑に腰かけて、呉の海を見ていた。

目に映る光景は、いつものように瀬戸内海を航行する巡洋戦や戦艦たちだ。すごい鉄の塊だなぁとぼんやり思う。

あの鉄の塊に兄は乗りたかったのだ。

こうして戦艦たちを見ていると、お盆のあの夜、兄が言っていたことを思い出す。

「ワシはお国のために働こうなんて、これっぽっちも思うとりゃせん」

それではなぜ、海軍兵学校を受験しようとしたのか？

気にすると、どんどん元に戻れなくなる気がして、あまり考えないようにしていた。叔父に対する売り言葉に買い言葉で、言い返しただけに違いない。

だって他に何の目的がある？

海軍兵学校は海軍の指導者を養成する学校だ。そのために全国から受験者がやってくるのだ。そこでいい成績を残して、海軍で出世して、前線に出て指揮を執る。そこを皆目指して、入学するために学力と体力を上げることに励むのだ。

お国のためじゃないなら、ただ出世したいだけ？　出世して偉そうにしたいとか。

兄のあの態度を見ていたら、それならあり得る気もする。


昭和十九年の海軍兵学校の受験が始まる秋に、結婚したという長姉から父あてにハガキが来た。

その聞き覚えのない名字に、誰から来たのかわからず、父に見せると長姉とのことだった。確かに「敏子」とある。すっかり忘れていた。「結婚しました。よろしくお願いします」と書かれてあった。呉の住所が書かれていた。

学校では防空頭巾をかぶって防空壕へ避難する練習も始まった。いよいよ敵機がやってくる機運をラジオや学校、近所の小父さん小母さんから漏れ聞いた。

「日本の兵隊さんたちは、今、この瞬間も、遠い異国で戦っている。この戦争に必ずやわが日本は勝利する。戦っている兵隊さん、水兵さんのために自分にいったい何ができる？　それを常に考えなければならぬ」

校長先生の訓示はますます怒気にあふれていく。

「我々少国民の僕たちは、いつも兵隊さんたちの心の隣にいます。僕たちも兵隊さんたちを見習って、勉強に、鍛錬に、励んでいくことを誓います」

じゃがいも同級生も海軍兵学校の関係者の子供、軍隊の子供、カズオももちろん、大声で声をそろえて、毎日天皇陛下のおわします宮城の方角に向かって叫んでいた。

日本は皇国、神の国、大東亜の平和のため、父たる天皇陛下のために戦うのだ。

教室で、学校の校庭で、何度となく繰り返された。

ふと気が付いた。柏くんはいつも列の後ろにいる。背の順に並んでいるわけでもないのに、教室の席順も、校庭で並ぶ時も、いつも一番後ろにいる。振り返らなくてもわかる。柏くんは大声を出してはいない。それを周りのじゃがいも同級生が指摘しないのは、いつもそばに軍隊の人がいるからだ。

毎朝学校に登校する時、校庭に足を一歩踏み入れて、帽子を脱いで校舎に敬礼し、掲げられた日の丸の国旗にも敬礼し、大声で挨拶をしないと容赦なしに殴ってくる軍人。近所のお嬢さんが見た「赤崎のやぶ」より、よっぽど怖いと思うその軍人が、大声を出さない柏くんを殴ることなく、むしろ周囲の子供たちから守っているように見える。

柏くんはただのお金持ちの子供では、ないのではないか。

「お金持ちじゃない家の子でも、何でもない農家の子でも、成績がよければ皇族の方々と一緒に、海軍のエリートになる勉強をするところなんじゃけぇ」

カズオは、「赤崎のやぶ」と言ったお嬢さんの言葉を思い出したついでに、この言葉も思い出しただけだ。と、すぐに頭から追い払おうと思った。

気が付くと指先が冷たくなっていた。校長先生の言葉も、同級生たちの叫び声も、どこか遠くに聞こえる。いけない、大声を出さないと殴られる。もう学年も大きいのだから、下級生の手本にならないといけないのに。大声を張り上げた。鎖骨の継ぎ目がヒリヒリ痛む。

柏くんが迎えに来るのを期待して、あの段々畑で待っているのは、もうやめよう。叔父がカズオを呉に連れていってくれるのを、期待して待っていたのをやめたように。今日からは柏くんはもう関係のない人だ。いや、もともと関係などなかったのだ。叔父の言う「仲良し」ではないのだから。

ふと教室から窓の外を見ると、校門に柏くんを送り迎えする爺さんが、こっちを向いて立っている。

腰が曲がって、見るからに力がなさそうだが、頑強な意志を貫かんばかりの目をしている。遠く離れた教室の中のカズオを、睨んでいるように見える。

カズオは授業が終わると拝聖殿にすっ飛んでいき、敬礼するのを忘れずに、大声で直立している軍人さんに挨拶をして、校門にいる柏くんの迎えの爺さんの横をすり抜けて、走って家に帰った。

昭和二十年の年が明けた。

柏くんはほとんど学校に来なくなった。国民学校もあまり教科の授業をしなくなった。男子は銃剣、女子は竹やりやなぎなたをもって「鍛錬」という授業を受けた。冬の冷たい校庭や、春の黄色い花が咲きはじめた公園で、盛った土の山を、銃剣を持って駆け上がったり、這いつくばって登ったり。

そうしてカズオが新しい学年を迎える少し前、アメリカの爆撃機が空を真っ黒にして編隊を作って呉の町を急襲した。

カズオは授業中で、ただ事ではないサイレンの音と、頭上を通過する爆撃機の飛行音、島の山にある砲台の発射音、日頃の敵機襲来の避難訓練など吹っ飛ぶくらい、学校自体が爆発するかのような騒ぎになる中、軍の人たちの怒声が飛び交う。

先生たちの声なんて聞こえやしなかった。何とか軍の人の指示どおりに防空壕に何か所かに分かれて入った。

頭上を通過する爆撃機の音も怖いが、砲台の発射音も凄まじく、防空壕自体がこのまま潰れてしまうのではないかと思った。家に作った防空壕よりもかなり広いが、何人くらいがこの中に入っているのかわからない。壁際ではなくてよかった。壁際に座っていたらきっと頭の上から発射される砲台の爆音の衝撃で、壁が崩れ落ちる恐怖もさらにのしかかってきただろう。

いや、どこに座っていたとしても同じだ。

あちこちで泣いている子供の声が聞こえる。暗くて隣に誰がいるかもわからない。わからないというより隣の人を気にしている余裕がない。

中にいる生徒全員、いや教師たちだって、今、自分の生死と向き合っている。じゃがいも同級生も、海軍兵学校のそばの集会所で、生徒のお使いを嬉々としてやっている女子生徒も、早く都会に戻りたい海軍兵学校や軍の関係者の子供も。次の瞬間は自分がどうなっているかわからない。今まで自分は安全な世界にいると思い込んでいた。なぜ安全だと気楽に思い込んでいたのだろう。なぜ昨日と同じ今日が来ると、毎日毎日退屈だと、思っていたのだろう。

柏くんはこの中にいるのだろうか。

夕方、防空壕から生徒たちが這い出てきて、おのおのの親たちが迎えに来ているのを見つけて皆一様に泣き出した。親たちも泣いていた。カズオの父も来ていた。カズオを探していた。カズオも泣きながら父に駆け寄った。泣いちゃいけない、兵隊さんたちに申し訳ない、と誰かの親が泣きながら言っていた。

その時の空襲は、島を通過して、呉湾や呉の軍事施設を攻撃した。山の上の砲台からの発射だけではなく、海軍兵学校を望む湾に停泊していた戦艦利根の激しい大砲の攻撃も行われたらしい。

それから学校では、防空壕に入った際は、目を固くつむって耳を塞いで口を開けることを、何度も教わり、練習した。この前みたいにびぃびぃ泣いてる奴は、目の玉吹っ飛ぶぞ、と先生は言う。

次の日学校は休みになって、カズオは柏くんを待っていたあの元段々畑に、呉の港を見るために坂道を登った。道端に雑草のような菜の花が生えている。

その薄べったい茎のように、東洋一の軍港と言われた呉の港から、何本も黒い煙が立ちのぼって暗く覆っている。その煙で霞んでいるせいで、向こうの呉の町のほうまではよく見えない。叔父たちは大丈夫だろうか。

よく見ようと身を乗り出しすぎて足を滑らせ、元段々畑から一メートル下の、何も野菜を植えていないむき出しの地面に肩から落ちてしまった。鎖骨の傷に衝撃が走り、激痛でうめき声をあげる。

家まで戻れるだろうか。でも立ち上がる力も出ない。

誰かいないだろうかと顔を上げると、坂道を登ってくる柏くんの姿が見えた。前と同じようにゆっくり、カズオを迎えに来たようにまっすぐ向かってくる。

やっぱりカズオは待っていたのだ。柏くんが迎えに来るのを。涙があふれるのは激痛のせいか、嬉しさのせいか。

「落ちたの？」

柏くんはうずくまって、でも顔だけ柏くんを見上げているカズオを見下ろして言った。柏くんはカズオの返事も聞かず、

「立てる？」

立てない、と言ったら柏くんはどうするだろう。誰かを呼びに行くだろうか。誰を

呼んでくるのだろうか。

カズオは「立てる」と両足の力だけでよろけながらも立ち上がった。立たないとせっかく迎えにきてくれた柏くんが、例えばあの爺さんを連れてきたら、そのままカズオの家に直通で帰されてしまうかもしれない。もしかしたら柏くんはまた、カズオを柏くんの家に迎えに来てくれたのかもしれないのに。

「うちにおいでよ」

返事も聞かずに柏くんは振り返り、今来た坂道を歩き出す。カズオは鎖骨が痛くて、なんとか柏くんに追いつきたかったが、柏くんはすうっと去っていく。その後ろ姿に、カズオはなんだか自分が情けなくなって涙をこぼしてしまいそうだった。

柏くんの家に久しぶりに上がらせてもらった。昨日あの爆撃音が降り注いだ同じ島の中とは思えないくらい、やはり静かな家だった。いや、ウグイスかどうか、鳥の鳴き声がかすかに聞こえる。

靴下ごしに廊下の冷たさが伝わる。叔父や兄が踏み鳴らす、カズオの家の廊下とは全く違う。柏くんの部屋に入る。また新たな本棚が増えていた。そこにはカズオが貸してもらう、児童向けの小説集ではなく、さらに分厚く、「科学」「地理」「文学」「自然」「歴史」といくつか種類に分かれている、勉強が好きなずっと年上のお兄さんが持っているような全集だった。

「僕は地理ばっかり読んでしまうんだ」

と、柏くんは「地理」の一冊を引き抜いて開く。その頁には、今まで柏くんが見せてくれていた地図とは違い、細かい文章もびっちり載っていて、統計図のようなものや、世界の国々が専門書のように分類されて載っていた。カズオは日本とその周辺の大東亜圏と呼ばれるあたりしか見たことがないのだが、「ヨーロッパ」「オセアニア」の見たことのない地形が載っている。

「この島の港から、世界の国の港につながっているんだよ」

その「港」は、呉に渡る時のちっぽけな港と、近所のお嬢さんが言っていた天皇陛下がこの島においでになられた海軍兵学校の港と、どっちを柏くんは言っているのだろう。

たった今まで忘れていた、柏くんに対する疑念が再び頭を駆け巡る。でも気持ちは落ち着いてきた。鎖骨の痛みも遠のいてきていた。柏くんのお父さんは何の仕事をしてるのか、尋ねてみることに躊躇する気持ちは薄れている。不思議だが今なら何を聞かされても恐ろしくない気がする。この静かな建物にいるせいか。

「いつか色んな国に行ってみたいんだ。船に乗って」

柏くんはどこか沈んだ声で言う。なんだかもう諦めているような言い方に聞こえた。

「いつか行けるよ」

なんてカズオが言うのもおこがましいので、黙っていると、

「君は何がしたい？」

と聞いてくる。どうしたいって聞かれても。ふと叔父の言葉が蘇る。

「こいつが一番苦労するのぉ」

カズオはもう帰る、と柏くんに告げた。肩の痛みも忘れてすっと立ち上がった。

柏くんは最後に一言、といった感じで言った。

「さっき君がいた段々畑、もう行かないほうがいいよ」

柏くんがその分厚い百科事典を一冊貸してくれるというので、「文学」を借りて、帰るために玄関まで行った。傷んだ肩には両手で抱えて持たないと、落としてしまいそうな重さだった。

柏くんはいつも玄関まで送りに来てくれるのに、今日は柏くんの部屋でカズオを見送った。

急な様子で帰る、とカズオが言って気を悪くしたのだろうか。柏くんがさっき段々畑に来てくれてあんなに嬉しかったのに、どうしてあんなつっけんどんに言ってしまったのだろう。後悔が余計、百科事典を重くさせる。

玄関で靴を履いていると、柏くんの送り迎えをする爺さんが玄関の外で待っていた。

「お帰りになる？」

自分を待っていたのかとギョッとする。何か怒られることをしただろうか。

「坊ちゃんのお宅にお願いごとがあるんで、一緒に行かせてもらいますよ」

坊ちゃん、がカズオのこととは夢にも思わず、一瞬立ちすくんでしまった。

爺さんはカズオを振り返りもせず、先にスタスタ歩き出した。

聞いたことのない発音で爺さんは話した。しなびたような爺さんなのになぜかきつく感じる。

「お宅にお願い」ということは、父に「お願い」があるのだろうか。いったい何を？

日が暮れる時間が遅くなり、夕焼けの中を爺さんと家に向かって歩き始める。

爺さんと歩くのはすごく気詰まりだったが、柏くんの家からカズオの家まで小半刻ぐらいだから、少しの辛抱と思い、カズオは早足になりたかったけど、爺さんの歩調にも合わせたほうがいいと思い、いつもより時間がかかった。

「ボンから借りられはったのですか？」

と、爺さんは重そうに抱える百科事典を見て言った。そうに決まっているじゃないか。他に誰から借りるというのだ。さっさと帰れない苛立ちで少しカズオは腹が立ってきたが、「はい」と小さく答えた。

「あの事典、持ってくるの難儀しましたわ、一冊一冊が重くて重くて」

カズオが返事をしないでいるうちに家に到着した。父は庭で何か作業をしていたが、柏くんの家の人が来ている旨を伝えてカズオはすぐに家に引っ込んだ。爺さんは庭先の父に何か話しかけた。爺さんの「ここでよろしいです」と遠慮する声も聞こえてくる。

さっきまで爺さんに無性に腹が立っていたが、やはり爺さんが父に何を頼むのかも気になる。父と爺さんは何の接点もないし、あるといえばカズオが、爺さんの言うところの「ボン」の同級生であるということくらいだから、やはりカズオのことなのだろうか。百科事典をちゃぶ台の上に置いて、ゆっくり二人が話している庭に、見つからないようにギリギリまで忍び寄る。

「こんなこと言うて気分悪いでしょうが」

爺さんの声が聞こえる。

「家の周り」「一年近く」「近所の人も気づいている」「本当は言いたくなかった」「このところ回数が多い」「他の人に言わせたら、それこそ、かどが立つと思って」

爺さんの声がところどころ聞こえるが、父は何も返答してないようだ。

「お願いしますよ」

そう言って帰っていった。父がお辞儀をしていた。

夕食の時、聞いてはいけないことだとうすうすわかっていたが、父に尋ねた。柏くんちの爺さんは何しに来たのかと。

父は「お前には関係ない」

と、言って黙ってしまった。


新しい学年になって、ますます空襲は激しくなった。

アメリカの戦闘機はカズオの住む島を通過して呉へ爆撃する。呉は海軍工廠も、航空機の軍需工場もあるのでそちらを狙うのだと、近所の小父さんは言っていた。

アメリカの戦闘機が島の上空を通過するのを、島の砲台が激しく砲弾で迎え撃つ。防空壕に避難しているカズオたちは山ごと押しつぶされそうで、ドスンドスンと防空壕が震えるたび、恐怖で噛みしめた奥歯が砕けそうだ。口は開いていないといけないのに。

そのうち、呉やその周辺から島へ、人がたくさん来るようになった。島の親戚を頼って食料を求めに来る人たちだ。

松の脂を取りに山へ入っていく人たちもいる。何か動物の餌にするらしく、草を刈っていく人たちもいる。呉はそれだけ攻撃を受け、大きな被害を受けているのだ。

国民学校はもはや開店休業中だ。カズオの上の学年の生徒たちは、呉の軍需工場に働きに行き、小さい学年の生徒たちは完全に休みになっている。カズオの前後の学年だけ、たまに国民学校に行って、相変わらず銃剣持って校庭を走り回り、竹やりでわら束を串刺しにしている。もちろん柏くんの姿を見ることもない。

今日もこの前父と入った防空壕に、ぼんやり座っている。

空襲でこの防空壕に入っている時は、暗くて狭くて、セミの体内に入ったようにサイレンや爆撃の音が全身を震わせる。耳を塞いでも体中が耳になっているから、逃れようもない。防空壕から飛び出していって、解放されたい誘惑と戦わないといけない。

でも今こうやって真昼間に一人で防空壕に座っていると、うつむいて頭を抱えているのではなく、まっすぐ外の景色を眺めていることができる。暗い世界から小さいが明るい世界を覗いているようだ。なぜか居心地の良さを感じる。

本当は柏くんを待っていたあの段々畑に行って、呉湾の様子を見てみたい。だけど、

「もう行かないほうがいいよ」

と柏くんに言われた。なぜ行かないほうがいいのだろうか。行ったらどうなるのだろうか。理由を聞いておけばよかった。なぜ自分はあの時急に、肩の痛みも忘れて、一刻も早く柏くんの家から立ち去りたくなったのだろう。

確か柏くんは、色んな国へ船に乗っていきたい、と言ったのだ。

そしてカズオに

「君は何がしたい?」

と、聞いてきたのだ。

その一言が、柏くんと初めて話をした、初めて柏くんの家に呼んでもらえたあの日に、カズオが感じていた気持ちを思い起こさせたのだ。

柏くんはあの時、カブトムシを生きて返すことはできないかもしれない、とカズオが言った後、こう言った。

「いいよ、死んでも」

そう簡単に言った。その簡単さが、「君は何がしたい?」と同じ響きに聞こえたのだ。

カブトムシが死んでも、カズオが何をしたくても、柏くんにとってはどうでもいいことなのだ。そう思えて、カズオは腹が立ったのだ。自分はろくにカブトムシの世話をしなかったし、死んだ後も道端に向けて放り投げたくせに。死んでもいい、と思っていたのはカズオも同じなのに。

カズオは立ち上がり、防空壕から出ていく。春の日差しが柔らかく、そこいらに緑の柔らかな草や花が小さく咲いている。だけど爆撃を受けた呉の町から、焦げたにおいが漂ってきている。

叔父さんは大丈夫だろうか。

今年の夏も墓参りに来てくれるだろうか。カブトムシの子とはまだ仲良しなんか？と聞いてもらいたい。どう返事するかはわからないけど。

しかし夏の初めに、叔父の娘が紅も白粉もかなぐり捨てて通っていた呉の学徒動員先である工場が空襲に遭い、防空壕の中で焼け死んだ。それを父に教えたのは兄だった。

カズオは従姉が死んだことよりも、叔父が悲しんでいるだろうことよりも、兄が呉の爆撃の間中、どこでどう逃げ回っているのか不思議だった。どうやって生き延びているのか。

兄から従姉が死んだことを聞かされても、父は呉に行こうとはしなかった。叔父のことが心配じゃないのだろうかと思ったが、近所の小父さんがこの前家に来て、「夜になると他所からやってきた連中が野菜を盗んでいくけん。気をつけんといけんわ」と父に注意していた。「見回りの自警団をつくらんといけんかものぉ」とも言っていた。そんな中でカズオを置いて呉には行けないのだろう。カズオは学校はあったりなかったりなので時間はあるが、だからといって、いつ空襲に襲われるかわからない呉の町に連れても行けないだろう。

ある日、やはり見たことのない人がカズオの家にやってきた。

下の姉だと父は言った。

「あんたカズオねぇ、大きくなったねぇ」

全く記憶にない初対面の次姉が、日に焼けた顔でカズオに笑顔で話しかける。

カズオと兄は、父と顔かたちが似ていると近所の人からもよく言われるが、次姉は全然カズオたちと似ていない。近所のお嬢さんにくらべると老けて見える。近所のお嬢さんは頬骨が少し高いけど、はしゃいだように話すその顔は色が白くて若々しい。目の前にいる次姉は、横に顔が広くて、お嬢さんと同じようなモンペ姿だが黒ずんで煤けた感じがする。どちらかというと叔父に似ている。

亡くなった従姉もこんな姿で亡くなったのかと想像すると、初めて可哀そうに思えた。次姉は初めてこの島に来たであろうに、この家も初めてだろうに、家に上がるなり、ちゃぶ台の横で足を投げ出し、父の出した水をガブッと飲み干すと、

「あぁ疲れたぁ、もう三日目じゃもん」

と、何年かぶりに会う父になんの遠慮もしてないようだ。二、三週間ぶりに会うようなくだけた喋り方で、この島に来るまでの顛末を話しだす。

次姉は長姉が呉に嫁いだ後も母と一緒に三原で暮らし、そこの軍需工場で働いているらしい。このたび亡くなった従姉のように、朝から晩までこき使われる。その上このたびの呉の空襲であちこち工場がダメになって、ますますこちらに仕事が回ってきて死んでしまいそうだ、と父にまくしたてる。父は

「ほうかぁ、ミサ子も可哀想じゃったのぉ」

「そうなんよ、そういうわけで呉の親戚の家に行く、ゆうて三日休みをもらえたんよ。そんな人いっぱいおってねぇ。一度に休まれてもかなわん、ってずらしずらしね。まぁ、葬式なんてみんなまともにできんから、駆けつけていく、ってわけでもないしねぇ」

次姉は亡くなった従姉とも面識があったらしく、

「ミサ子ちゃん、可愛かったなぁ。モテたじゃろうに」

と、先ほどの賑やかさが沈んでいく。

「ミサ子ちゃんも可哀想だけど、叔母ちゃんも気の毒でねぇ。叔父ちゃんは私のこと覚えとるでぇって、お母ちゃんによろしゅう言うてね、って私に言ったけど、叔母ちゃんはねぇ、泣いてばっかりで。ミサ子ちゃんは同じように亡くなっちゃった人と一緒に焼いてもろうたんと」

次姉はその様子を思い出したのか、声が湿ってくる。

「叔父ちゃんはなんか言うとったか?」

「はぁこんなけ、今年の墓参りは行けんかもしれん、ってお父ちゃんに言うとってって」

「そらえええんじゃが」

カズオは会話をそばで聞いていて、この二人の関係に違和感を感じていた。カズオが初めて会った若い女性と、父がこんなに会話をしている。防空壕掘りを手伝ってくれた、近所の小父さんとお嬢さんの会話みたいだ。

「お母ちゃんは自分も呉へ行けばいいのに、工場が忙しいやら、近所の目があるやら色々言うて私だけに押し付けるんよ。うちだってクタクタなのに。いっつもそうよ。兄ちゃんや姉ちゃんの心配はするけど、私なんて用事の使いくらいにしか考えとらんのじゃけぇ。うちが死んでも絶対ミサ子ちゃんの叔母ちゃんみたいに泣きゃあせんわ。あら、用事を頼む子がおらんようになったわ、どうしましょう、くらいのもんよ」

声の湿り気を飛ばすように、次姉は明るく振る舞う。

「そんなことはないよのぉ」

「そんでも叔父ちゃんのとこ見舞いに行ったら、次は姉ちゃんのとこ寄ってみぃって。自分で行け、いうんよ。自分は姉ちゃんの姑さんやらに会いたくないもんじゃけ、自分では行かん。ホンマうちは軍隊の伝令よぉ」

と、敬礼のマネをする。父は思わず笑ってしまう。父のこんな笑い顔を、カズオは初めて見た。

夏の熱波がよどんでいるカズオの家の居間が、今日は少し涼しい風が行き交う感じがする。

もしかして、叔父が「わびしい」と繰り返すのはこの感じが全くないからなのか？

「姉ちゃんはええよ。とっとと嫁に行ったけ、あの地獄の工場勤めをせんでええんじゃり。鬼の工場長がおってね、毎日毎日しごかれるんじゃけ。うちは縫いもん嫌いじゃし、金属の小さい部品なんて細かい作業もできやせんし、余計目をつけられとってね、怒鳴られてばっかりよ。工場も爆撃にやられてしまえ、とか思ったりする。でもそんなこと言いやせんよ、もちろんわかっとる。呉に初めて来たんじゃけど、これ呉？と思ったもん。きれいな商店街とか想像してたけど、みんな間引いてあって、すかすかの街並みよ。叔父ちゃんに迎えに来てもらわんかったらたどり着けんかったわ。叔父ちゃんの家はあったけよかったたけど」

カズオは叔父の姿を思い出す。

カブトムシを小枝につかまらせたこと。

「こいつも何かにつかまってないと不安よのぉ」

と言ったこと。

「でも姉ちゃんだって、嫁に行ったからってぼんやりしとられんみたいよ。昨日会いに行った時ずっと愚痴をこぼしていたもん。洗濯物を干していたらお姑さんに竿ごとひっくり返されて、姉ちゃん呆然としていたら『男の着るものの上にオナゴのモンを干すなんてどんな躾を受けた嫁じゃぁ』ってものすごい剣幕で言われたって。姉ちゃんすっごい腹が立って『なんじゃぁっ？』って怒鳴り返してやりたいのを必死でこらえたって、私に泣きながら言うんよ。お姑さんに聞かれたらいけんけ、すっごい家から離れたところの草藪のとこに連れていかれて、ここで毎日泣いているよって。あの気が強くて同級生の男子をいじめて泣かせよった姉ちゃんがよぉ？　信じられんでしょ。だから嫁に行くのも大変なんじゃと思ったよ。お姑さんは姉ちゃんの何倍も怖い感じの人でね、昨夜は泊まらせてもらったけど、あんなとこ、もう泊まりたくないわ。姉ちゃんもこれが毎日なんて気の毒じゃゃわ」

そう言って、父の手入れをしている野菜畑を眺めて、

「ここはのんびりしていていいね」

と、つぶやいた。

今すぐ空襲が始まればいい、とカズオは思った。

すぐにその考えが木っ端みじんになるだろう。

「兄ちゃんは帰ってくる？」

いきなりカズオの存在を思い出したように、真っ黒な顔でぎょろっとした目をカズオに向ける。カズオはまだ他人のような次姉にどう相手していいかわからず、「たまに」と愛想なく答えた。

「兄ちゃんのことは、こっちにも噂は流れてるよ、三原におった時の兄ちゃんの友達も呉に行っとるけんね。まぁみんな兵隊に持っていかれたけん、最近のことはわからんけど」

次姉はもう兄の姿を忘れてしまったのか、何か思い浮かべながら話している。

「兄ちゃんは父ちゃんがこの島に行くって言った時、迷わずついていくって言ってたもんね。海軍兵学校に入るんだって。絶対入るんだって。この家にはないみたいだけど、あっちには御真影があったじゃん？」
　カズオはさっき愛想なく返事してしまったので、カズオに話しかけているのではないとわかっていたが、「うちの学校にもある」と合いの手を入れた。次姉はうんうんと、またくだけたような調子になって
「うちには明治天皇からずっと天皇陛下や皇后さまの写真が並んどったろ？　うち、小さい頃、この人たちは自分の先祖じゃあ思うとったよ。お母ちゃんもお姉ちゃんも手を合わせて拝んどったけね。そしたら、『何を恐れ多いことを、この方々は生き神さまじゃ』ってお母ちゃんに怒られたわ。それからはうちも真面目に手ぇ合わせたわ。そうせにゃいけん感じだったもん。でも兄ちゃんは合わせとらんかった。ずっと海軍兵学校に入るじゃって言ってるわりにぁ、不遜な感じじゃったよね、お父ちゃん」
「お前から不遜なんて言葉が出るとはのぉ」
　と父は笑って言った。次姉は
「失礼な、私だって成長するんじゃ」

次姉を父と港まで送りに行った。呉に渡るまでの乗船時間は小半時ほどだが、そこから列車に乗り、ほとんど座れない状態で半時も揺られなければならない、と次姉はこぼす。

父が用意してくれた、野菜やら貯めておいた米やらを重いリュックに詰めて背負い、港までヨタヨタ歩く。

「近頃は列車の時刻もあてにならないしねぇ」

と、次姉はリュックを抱えなおしながら言う。

次に会えるのはいつだろう。もう少し素直に話をすればよかった。カズオは後悔しながら二人の後ろをついて歩く。

自分とあまり似たところはないが、叔父のように自分の顔を見つめて話をしてくれる数少ない肉親だ。もしかして父が島に帰らなければ、母が島についてきていれば、さっきのような会話は毎日行われるはずだったのではないか。それは叔父の言う「すさんだ生活」ではない暮らしなのだろう。どうして今、カズオの手に入らないものになってしまったのか。

船の出立時間が来て船に乗り込む時、次姉はカズオに振り返り、顔を覗き込んで言った。

「カズオ、今度来る時は、兄ちゃんの靴とか服とか、持ってくるけんね。上等なんが残っとるんじゃけえ」

その顔が、叔父の顔とだぶって見えた。


そのすぐ後、七月に入ってまた呉に大空襲が起こった。

今まで呉湾や工場関係が襲撃されることが多かったが、この時は呉の町全体が爆撃に遭い、焼夷弾が雨のように降ってきて、呉の町はすっかり焼けてしまった。

大勢の人が死んだと近所の小父さんたちも、国民学校の生徒たちも、皆それぞれ自分の親戚、知り合いを心配している。

叔父一家はどうなったのだろう。

「呉なんかに出るけぇ死んでしまうんよ。この島におりゃあ爆弾は落ちてこんのに、アメリカさんは皆、呉に向かっていくけん」

空襲から一週間くらいして、兄が帰ってきて言った。

死んでしまうんよ、と言っている当の本人が生きていたのを、少しカズオは残念に思った。兄はもしかして、死んでるのではないかと思った。そう思えた一週間は少しカズオに心の安定を与えていたのだ。

兄が言うには空襲の晩、なじみの女の仕事が終わるのを、知り合いの下宿先でウトウトしながら待っていたら、突然空襲警報が鳴り響いて一晩中町を逃げ回っていたという。

そして夜が明け、以前叔父の家に下宿していた時に通っていた、呉一中の近くに来ていることに気づいて様子を見に行った。

「すっかり焼けてしもうとった。これであそこの連中は今年受験なんてできやせん。ざまぁみろって真っ黒な顔してウロウロしてる連中を笑ってやったわ」

と、嬉しそうに言う。

「そんで次に叔父公の家、見に行ってやろうと思って、冷やかしに寄ってみたんよ。はぁすっかり焼けてしまいましたねぇって言ってやろうと。案の定丸焼けよ。道と家じゃったところの境目がわからんのじゃけ。そしたら向こうからあの叔母はんがやってきて、真っ黒い顔をして、ワシを見つけるなり、『何しに来た！　出ていけこの疫病神！』って、落ちてた看板拾って投げてくるんじゃ。笑ってやろうと思って顔を見せにきました！って敬礼していってやった。そしたら『あんたの面倒なんか見たから、ミサ子も旦那もこんな目に合うんじゃ』ってわめいてくるんで、何様よ？と思ってはたいてやったわ。もう少し懲らしめてやろうと思ったけど、やっぱり人目があったからまぁ勘弁してやった。ワァワァ叔母はん泣いておったわ、お気の毒やね。結局あの小うるさいおっさん、死んでしもた、ということやね。下の小娘はどうなんか知らんけど」

何も確認する術はないが、この兄の証言で叔父は死んだ、ということになった。

今年の盆にはもう誰も墓参りに来ないのだ。父もさすがに途方にくれたように見えるが、そんなことはお構いなしに兄は父に金を無心する。

「金をせびってものぉ、なじみの女も死んでしもうたし、遊ぶところもなくなったし、どこへ行ってもじじぃ連中しかおらん。カズオ、今年は家におるけん、海でもどこでも、たっぷり遊んで特訓してやるけ、待っとれよ」

兄はニヤリと笑ってカズオを見た。

叔父が亡くなったことよりも、兄が今までよりもこの島にいる時間が増える、ということのほうが、カズオを打ちのめした。

そっと父を見た。

父は白い顔をして、ヒューヒューと呼吸の音だけ発している。

今度はいつ会えるのか、と名残惜しかった次姉がまた島を訪ねてきた。

前に来た時背負ってきたリュックより、倍くらい大きなものを背負っていた。中身はまだ入っていない。

「カズオ、元気？と言ってもこの前会ったばかりじゃね。うちもこんなに早く来るとは思わんかった」

大きなリュックを居間の隅に、カズオの視界から避けるように置いた。

「兄ちゃんはここにおるん？」

以前来た時は暢気そうな表情だったが、今日は顔が深刻になっている。

「今はうちにほとんど」

と、カズオは返事した。次姉は暗い顔をして「そう」と答えた。

カズオはその日、兄の留守中にどうしても出ていく用事があったので、「ちょっと出てくる」と、次姉を家に置いて出ていった。

夏休みに入ってしまい、というよりほとんど学校に行くことはなくなっているのだが、柏くんに借りていた百科事典を返せないままでいたので、柏くんが広島市内に戻ってしまうまでに返しておこうと思ったのだ。もしかしたらずっと前から島にはいないのかもしれない。それならそれでもいい。とにかく家から出たい。一瞬でも。

カズオは兄が毎日家にいるようになり、「特訓」という名の折檻を受けている。兄が帰った時、カズオの姿が見えないと怒り、折檻して笑い十分楽しんだ後、海に連れていく。

そしてカズオの頭を押さえつけて海に沈める。

両足を掴んで逆さまにして海中に沈める。兄は肺活量を鍛えるためと言って数を数える。カズオは苦しくてもがき、激しく抵抗するが兄の力には適わない。

何度も死んでしまうと思った。

海中に沈められると、初めはゴボゴボと自分の必死の呼吸音が耳を塞ぐが、そのうち無音になる。

セミの鳴き声も、空襲のサイレンも爆撃の音も。

柏くんの家の静けさのようだ。

以前海で叔父に会った時、海で滑って転んだとごまかしたのも、去年鎖骨を骨折したのも、兄に全体重をかけて海に沈められていたのを必死に抵抗した結果だった。

次姉がいる今なら、カズオの姿が見えなくても大丈夫だろう。カズオは柏くんの家に百科事典を抱えて走った。

柏くんの家に、誘われてもいないのに訪ねていくのは初めてだ。すごく緊張して脂汗が出る。でも別に悪いことをするわけじゃない。借りた本を返しに来ただけだ。セミの鳴き声が聞こえなくなった。ここはあの海の中だ。

決心して引き戸に手をかける。すっと開いた。

「ごめんください」

大声で言わないと、きっと家の人、爺さんには聞こえないだろうと思って広い玄関から響くように声を投げかけた。

ドキドキして待っていると、奥から柏くんが現れ、静かに玄関までやってきた。久しぶりに柏くんを見た。柏くんはやっぱりこの静かな建物に、本当に調和している。

百科事典を抱えているカズオの姿を見て、

「返しに来てくれたんだね」

と薄い眉毛を少し下げてニコリとした。

「長いこと、ええとごめんね」

カズオは百科事典を差し出した。カズオは腕も、足も、何もかも真っ黒に日に焼けて傷だらけだが、受け取る柏くんの腕は手の先まで真っ白だ。

柏くんが何者か、それはこの静かな建物の中にいる時は、何も問題ではないような気がした。

柏くんの何を、恐ろしく感じていたのだろう。カズオは聞いた。

「広島にはいつ帰るん？」

柏くんはカズオをまっすぐ見つめて言った。

「今年の夏は帰らないんだ。登校日も学校に行くよ」

じゃあ、兄の目さえ切り抜けることができれば、またここに来れるのかもしれない、この静かで、冷たくて、紙でできた空間に。しかし柏くんは続けた。

「登校日にまた会おうね」

登校日まで、まだ何日もある。


カズオはやかましいセミの鳴く中、家に帰っていった。

暗にもう家に呼ぶことはないし、来てくれるな、と柏くんに言われたようで、体中の汗が泥になって体に重くのしかかっているようだ。

まだ信じられないが、叔父も死んでしまって、この島には来ない。

あの家でこれからずっと、どうやって過ごしていけばいいのか。

熱い空気を吸い込んで、胸が詰まった思いで家にたどりつく。兄の目を盗んで百科事典を抱えて家を飛び出した時は、こんな思いになるとは思わなかった。

玄関を入ると次姉の怒りを含んだ大声が聞こえてきた。

「兄ちゃん、呉の叔父さんの家で何やらかしたん？　この前叔母ちゃんが三原まで来て、兄ちゃんを面倒見ていた下宿代を払えって、母ちゃんのとこにすごい剣幕で怒ってきたんよ。『あんたのところのせがれのせいで、うちは滅茶苦茶じゃ』ゆうて。ここと違うてうちは住宅が密集してるから、近所まで筒抜けよ。下宿代なんて払やせんって、母ちゃんもあんな負けない人だから、島に行ってこっちへ請求せいって追い払ったわ。叔父ちゃんが亡くなって、そりゃあ叔母ちゃんも動転しとるんじゃろうけど、それにしてもすごい剣幕じゃったんよ、何をやらかしたん」

次姉は帰ってきた兄と対峙しているらしい。カズオは体重をかけないように廊下を渡り、そっと隠れて居間の様子を聞く。

「そりゃタカリよ、下宿代は父やんがちゃんと払ってたんじゃけん、叔母はんも何が何だかわからんようになっとるんよ。それとももう、新しい男ができて何か吹き込まれたかの？　浮かれた叔母はんやったけの。んで、お前は今何しよるんな」

「うちのことはええんよ、叔母ちゃんは下宿代だけじゃない、慰謝料も払えって言ってたんよ」

「慰謝料？」

「兄ちゃん、あんた受験に落ちた腹いせに、あそこの下の智子ちゃんに乱暴したんだってね」

「何馬鹿なことを。あんな毛も生えてないようなガキに手を出すかい」

「兄ちゃんにぶん殴られたって。それも一度や二度じゃなくて、階段からも突き落とされたって。しかも笑ってたって。兄ちゃん、それ本当なん？」

カズオは足から力が抜けて、その場に座り込んでしまった。

「叔母ちゃんは何も知らんかったって。でも智子ちゃん、何だか性格変わったようにシクシク泣いてることが多いし、ある日問い詰めたら兄ちゃんにぶちのめされてるって。その時の痣も見せてもらったって。叔母ちゃん痣に気が付かなかったって。叔父ちゃんに相談したいけど、余計大ごとになりそうで言えなかったって、だけど叔父ちゃんが死んだ今なら言えるって、ホンマなん？　また小さい子を殴ったん？」

次姉は怒って声が震えている。カズオが最後に見た叔父のように怒っている。兄を怒れる人間は、この家に住んでいない人間なのだ。

「ちょっと構ってやっただけじゃ。そんな大げさなことじゃない」

兄は次姉が怒っているのに付き合ってやってる、という感じで笑って答える。

「兄ちゃん、聞いてるよ、さっき言った他に小さい子を殴った話。うちは聞いてるんじゃけん。この島に来た頃、兄ちゃんはあの海軍兵学校の門で大騒ぎしたそうじゃない。兵学校に入れてくれって。まだ子供なのに入れるわけないのに、入れてくれるまで動かないって。しまいには門兵の人に叩き出されたそうじゃない」

「誰からそんなことを。まぁ子供じゃったけの、頼めば入れる思うたんよ。昔のことよ」

兄はむしろ懐かしげに言う。

「これを教えてくれた人が言うてたわ。ここまではええ、子供の考えることじゃけ、まぁお国のために働きたいという気持ちが強すぎたんじゃろう、むしろ頼もしいわって。しかしのぉ、後がいけんわ。その叩き出された帰り道、たまたま歩いてた通りすがりの子供を、用水路に逆さまにしてジャブジャブ沈めて半殺しのようにしたって。人に見つかったからその子は助かったけど、あんたの兄ちゃんは逃げて山に入り込んで探し出すのに一日かかったって。警察にも連れていかれたって」

「そうよ、そんなこともあったのぉ」

本当に兄は懐かしそうだ。

「あんたとこの兄ちゃんはホンマ怖い奴じゃ、って言われたわ。信じられんかったけどやっぱりそうじゃ。母ちゃんや姉ちゃんの気の強さと違う、あんたは小さい子いじめて楽しんどるんじゃ」

次姉の怒りはますます高まっていく。ふと背後に気配がして振り向くと、父が立っていた。見上げた父の顔は真っ青だった。呼吸が苦しそうだった。

「兄ちゃん、あんたはもともと、海軍兵学校にも不純な動機で入りたかったんよね。そうじゃろ？　お国のためなんて、ちっとも考えたこともないんじゃろ」

「そうよ、ワシは海軍兵学校の門の前で叫んだね、コーゾクに会わせろ！　ここにいるんじゃろ！　ワシにコーゾクと会わせてくれって。ワシは海軍兵学校に入りたいんじゃない、コーゾクに会って、お友達になりたかったんよ、誰にも隠してやせんよ、聞かれもしないから言いもしなかったけど。なんでみんなお国のためって馬鹿みたいにおんなじこと言ってくるのか、不思議じゃったわ」

「兄ちゃん、皇族の方とお友達になれるわけないじゃない」

次姉が怒りも冷め、憐れむように言う。

「だから海軍兵学校に入るんよ、成績よかったらコーゾクのお世話をする役目がもらえるんで。あの天皇陛下の親戚で？　親しくなったらきっといいことある。戦場に行っても死ななくていいところに回してもらえる。それにくっついて周りに威張り散らかせるなら、こんなええ話はないじゃん。戦って死ぬ、なんてアホらしいことできるか」

「家の周り」「一年近く」「近所の人も気づいている」「本当は言いたくなかった」「こんなところ回数が多い」「他の人に言わせたら、それこそかどが立つ」

柏くんの家の爺さんの言葉の切れ端を思い出す。

兄は柏くんに会った時から、柏くんがただのお金持ちの子供かどうか、周辺を探っていたのだろうか？　それをやめてくれと爺さんは父に言いにきたのだろうか？「他の人」とはいったい誰だろう。

次姉はまた、父が詰めてくれた食料の入ったリュックを背負って、前のようにヨタヨタ歩く。父と見送りに行った呉に向かう港で、父は何度も次姉に、くれぐれも気をつけるよう注意の言葉をかけた。このご時世、リュックのせいでどんな目に遭うかわからない。でもできるだけ食料を渡したい、しかしそれが若い娘に不利益を与えかねない。

娘を案じている父の姿を見て、カズオは思った。

カズオは兄に折檻される。海に連れていかれ、肺活量を鍛えるためと、海に沈められる。

兄がいつも家にいるようになって、カズオはだんだんわかるようになった。

父はカズオが受けている仕打ちを、わかっている。

でも、他所様の子供に手を出されるよりは、と見逃しているのだ。以前のように、たまに帰ってくるだけなら気が付かないかもしれないが、さすがに毎日傷だらけになって帰ってくるカズオの様子に、気が付かないわけはない。

近所の人だってそうだ。あの小父さんだって小母さんだって、お嬢さんだって、カズオが海に沈められていることはきっと知ってる。兄はそれを見て甲高い声でケラケラ笑っているのだから、気が付かないわけはない。でも誰も何も言わない。

兄は柏くんの素性をどう想像しているのか、考えるのも恐ろしいが、カズオに海軍兵学校に入らせ、自分の果たせなかったことを代わりにやらせようとしているのではないか。だから「訓練」という名の折檻で、鍛えさせられている。

でも問題なのは、本当に柏くんは兄が想像しているような、子供なのかということだ。何か兄は証拠を握ったのだろうか。何も兄が調べなくても、もしそうなら自然と周囲に知れるか、恐れ多いことをしないように注意を促す言い渡しがあるのではないか。全く隠しておくことなど、こんな小さな島で不可能なのではないか。でもそれは子供の世界の中だけであって、大人たちは知っているのか。

確かにカズオも柏くんが何者なのか、怖くなったこともあったが、よく考えてみたら海軍兵学校があるからといって、入学の年頃ならともかく、もっと小さい頃からこんなへんぴな島にくる理由が何かあるだろうか。

違っていた時が問題なのだ。兄が自分の間違いに気づいた時が恐ろしいのだ。

柏くんはどんな目に遭うか、兄はあの静かな家に遠慮のない音で土足で上がり込み、何かをやらかすのではないか。

カズオや、従姉や、どこかの小さな子供にしたように、柏くんをひどい目に遭わせるのではないか。本棚の本も蓄音機も、箪笥の上の置き時計も、全て破壊の限りをつくすのではないか。

今、この島に二人がそろっていることが問題なのだ。カズオが折檻されていることよりも、海に笑いながら沈められていることよりも、それがカズオにとって本当に恐ろしいことなのだ。

兄が海軍兵学校を不合格になったように、兄の期待が叶わない日は必ずやってくる、ように思う。

それよりもっと恐ろしいことがまだあった。もし、兄が間違っていなかったら。

そうしたら、カズオは兄の願いが叶う前に、きっと死んでしまう。

こんな毎日を送っていたら、兄に笑いながら、殺されてしまう。

「カズオ」

ふいに次姉はカズオに話しかけた。

次姉はもう、以前の朗らかさはなかった。そしてカズオに言った。

「あんたがしっかりせんと、いけんのよ」

次姉が帰っていった次の日の空襲で、防空砲台として呉湾から移動していた巡洋戦艦が命中弾を受け、横転沈没した。カズオの通う国民学校も至近弾により木っ端みじんになってしまった。カズオの家も吹っ飛ばしてくれていたらよかった。

登校日が来た。

学校が爆撃の流れ弾で破壊されたのだから登校日もないと思っていた。いや、あっても行かないと決めていた。

柏くんのことが心配なのに、柏くんに
「登校日に会おう」

と言われてしまい、突き放されたような気がして。

柏くんがカズオに預けたカブトムシは、死んでいようと、どうでもよかったように。

それはカズオのことでもあるように。庭から家の外の道路まで放り投げたあのカブトムシの死骸は、本当はカズオ自身だったように。

悔しさがカズオの自尊心という、隠していた欠片をギリギリ締め上げてくる。

柏くんは何も悪いことはしていないのに。勝手に期待して、勝手に悲しくなっているだけなのに。


そして今、広島の町の空の下から生えた、悪意の雲の柱をカズオは見上げている。

父は言った。轟音に包まれた父とカズオの距離で、目で聞こえた。

「はぁ……終わった……」

終わったって、何が終わった。

戦争
それとも
世界
すべて終わってしまったということか。

頭の中と体を震わせ続ける爆音も、ずっと鳴りやまない。一生この音は消えないのではないか。父が「終わった」というこの世界でずっと、これからも、鳴り響く、という概念がなくなるまで叫び続けるのではないか。それはこの島にいても、どこへ逃げても追ってくるのだ。

本当に終わったのかもしれない。

そんな世界なら、父の形をした抜け殻の人間に、カズオは何の興味もない。

どうせ何を言っても聞こえない。父はいつだって聞こえないふりをしていた。この轟音が鳴り響く世界だろうと、そうでなかろうと。だからそのままカズオは父を無視して走り出した。

登校場所が変更になった、海軍兵学校のそばの国民学校へ向かって走り出した。

峠の向こうにあるが、カズオはもう駆けていけるくらい成長した。

早く行かなければ。世界が終わるなら柏くんの心配などしていられない。

だから柏くんを殴りに行く。

柏くんを心配してしまった自分をぶん殴ってやる。

だから柏くんを殴ってやる。
本当はずっと前から、そうしたかったのかもしれない。
本当は柏くんのことが、大っ嫌いだったのかもしれない。

こいつが一番苦労するのぉ
天皇陛下がこの島に来たんで
小フーガ、ト短調
あんたがしっかりせんと、いけんのよ

そのたびに黙ってしまった自分は、なんてちっぽけな虫けらだ。一番自分を殴ってやりたい。だから柏くんを今から殴る。
勢いあまって、右左の足が順番を無視して勝手に動いてもつれ、元段々畑の階段から転げ落ちる。鎖骨がまた悲鳴をあげた。起き上がってまた走り出す。膝小僧が目立つ足も、夏の干からびた小枝のような腕も、何もかもボロボロの体だが、まだ走れる。

柏くんを殴るためなら走れる。
柏くんが登校しているはずの、峠を越えた国民学校まで走ってみせる。
そういえばどうして柏くんは、今年は広島へ帰らずこの島にいるのだろうか？
いや、そんなことはどうでもいい。
ああ、あの柏くんを殴れるなんて、と思わず顔に笑みが浮かぶ。
その顔は、兄に似ているかもしれない。
ほら、駆けてゆくカズオを包む鳴り響く轟音も、カズオを応援している。
ごぉぉぉぉぉぉぉ

世界を終わらせた「何か」のせいで、
黙り込んでしまったセミのようにはならない。
絶対に。

〈著者紹介〉
渡辺夕也（わたなべ ゆうや）
1966年生まれ。広島県在住。
趣味：小説を書くこと。
挫折体験：新人賞公募に落選する。
荒業：たった一度の落選でしびれをきらし、「自費出版」を選ぶ。

黙《だま》り込《こ》むセミ

2023年12月6日　第1刷発行

著　者　　渡辺夕也
発行人　　久保田貴幸

発行元　　株式会社 幻冬舎メディアコンサルティング
〒151-0051　東京都渋谷区千駄ヶ谷4-9-7
電話　03-5411-6440（編集）

発売元　　株式会社 幻冬舎
〒151-0051　東京都渋谷区千駄ヶ谷4-9-7
電話　03-5411-6222（営業）

印刷・製本　中央精版印刷株式会社

検印廃止

ISBN 978-4-344-94652-1 C0093
幻冬舎メディアコンサルティングＨＰ
https://www.gentosha-mc.com/